ご協力お願いします

酒は愚を釣る色を釣る

SEIRA
ONOUE
尾上セイラ

CHOCOLAT
BUNKO

ILLUSTRATION まりぱか

CONTENTS

微かな人の話し声と、どこかでドアを開閉する音に、目を覚ます。

重い瞼《まぶた》を開け、数回瞬《まばた》きをした後、室内灯《とも》の灯る薄暗い部屋を、まだどこかぼんやりとした意識のまま眺《なが》める。

見慣れた部屋だが、自分の部屋ではない。どこだろうとしばらく考えて、ようやく、時々利用するホテルの部屋だと思い至る。

部屋の中に、人の気配はない。そう気付いた途端《とたん》、急速に頭が覚醒《かくせい》するのが分かった。

ベッドの上に身を起こすと、下肢から腹部へと、鈍《にぶ》い痛みが走る。

酷《ひど》く身体がだるく、重苦しかった。

昨夜、見知らぬ男としたセックスのことは、ぼんやりと覚えている。

だが、いつものごとく、どんな相手とどういう経緯でここまで来たのかは、よく思い出せなかった。

ため息をつきながら、篠田千秋《しのだちあき》は脱ぎ捨てられてベッドの端に丸まっていたバスローブを羽織《はお》った。

枕元のデジタル時計に目をやると、午前三時を少し回っている。

サイドテーブルの上には、今夜の相手が残していったのだろう、タバコの箱と一万円札、それから一目でプライベート用だと分かる名刺があった。

何の気なしに名刺に記《しる》された名前を目にして、千秋は小さく息を呑んだ。

アルファベットで、「Ryo」と書いてある。その文字を見ているだけで、指先が少しずつ冷たくなっていくのが分かった。

懐かしい顔を思い出しかけて、千秋は軽く首を振った。

もう、自分には関係のないことだ。そう言い聞かせながら、千秋は男の忘れ物だろうタバコを一本抜き、慣れた仕草《しぐさ》でそれに火をつけた。

ゆっくりと吸い込んだ煙《けむり》の苦さは、千秋の頭から徐々《じょじょ》に嫌な記憶を消し去り、気持ちを落ち着けてくれる。

しばらく無表情で名刺を眺めた後、千秋はそれをひらりとゴミ箱に落とした。

どんな相手であっても、関係を持つのは一度きり。深入りはしないし、されない。そう、千秋は決めている。

七年前からずっと、そうやって生きてきた。

男同士の関係に、愛も恋もない。欲望が解消できればそれでいいのに、煩《わずら》わしい人間関係を築きたくなかった。

ずっと、一人でいい。

五年先も、十年先も、今と同じ単調な日々で構わない。

大切なものを手にして傷つくよりも、何もない平坦な日々が続くことを、千秋は心から望んでいる。

裸足《はだし》で絨毯《じゅうたん》の床を歩き、煙をふっと吐き出しながら、千秋はそう呼んでいいのか分からないほど小さな窓のレバーに手をかけた。

開いた僅《わず》かな隙間から、夏の夜のけだるい空気が入り込んでくる。

午前三時を回っているというのに、酔っ払いの声や行き交う車の音で、東京は賑《にぎ》やかだ。

見上げた暗い空に星はなく、空気は淀《よど》んで安っぽい化粧品や食べ物の匂いがする。

窓の向こうは古びた雑居《ざっきょ》ビルが立ち並んでいて、ビルとビルの隙間から、ピンクや青の派手なネオンサインが瞬《またた》いているのが見えた。

無表情でそれを見つめながら、千秋は大分短くなったタバコを口にした。

白い煙がゆらゆらと立ち上り、闇に紛《まぎ》れて消えてゆく。

七年前は、想像もしていなかった。

こんな場所で、暗い空を見上げながら、タバコを吸っている自分の未来を。


「だからあ、接待だって言ってるじゃないですかっ」

目の前の男が突然声を荒げ、不快そうな目つきで千秋に領収書が添付された書類を押しつけてくる。

男の大声に驚いたらしい、数人の社員がデスクから顔を上げた。

昼休憩に入っているのか、それとも外回りに出ているのか、昼下がりの営業部に人はまばらだ。

千秋は突き返された書類をじっと見つめ、軽く首を傾げた。

「……休日に、テーマパークで、ですか？」

「何か問題あるんですか？　お客さんから行きたいって言われれば、ゴルフだろうがテーマパークだろうが行くしかないでしょ」

「『ぬいぐるみショップ』で、一万円近く買い物されてますが、これは？」

「お客さんへのお土産《みやげ》に決まってるじゃないですか」

「……そうですか」

テーマパークでの接待など聞いたことがなかったが、そういうこともあるのだろうか。

敵意をむき出しにしている男と書類を見比べて、千秋は「では」と再び口を開いた。

「接待の詳細を記した書類と、取引先の名刺のコピーを提出してください。それを見て、判断させていただきます」

淡々と告げると、男は目を剥《む》いた。

怒りの形相《ぎょうそう》になっていく男の目を黙って見返す。それが気に障《さわ》ったのか、男は露骨《ろこつ》に舌打ちし、椅子《いす》を蹴るようにして立ち上がった。

「あんたさ、いい加減にしろよ！　こっちは休日潰して、会社の利益のために働いてるんだよ。たかが総務の分際《ぶんざい》で、接待の内容にまで口出して来るな！　総務は、黙って書類に判子《はんこ》押してればいいんだよっ」

まるで三流映画のヤクザかチンピラだ。だが、相手がどう凄《すご》もうが、泣いて懇願《こんがん》しようが、内容の怪《あや》しい経費請求に、簡単に応じるわけにはいかない。

それが、千秋の仕事だからだ。

そもそも、接待の詳細を記した書類の提出は会社の規定で義務づけられている。後ろめたいことがないのなら、千秋の要求に怒ることもないはずなのに。

彼がシロかクロかは分からないが、こんな風に逆ギレする場合、個人的な支払いを会社の経費で落とそうとしていることが多い。

心の中でため息をついて、千秋は領収書の添付された資料を、もう一度男に差し出した。

「今月中に費用の精算を希望される場合は、本日五時までに書類を提出してください。提出がなかった場合は、領収書は来月に回します」

「何でお前の言いなりにならなきゃいけないんだよ。こっちは忙しいんだ、そんな書類、いちいち書いてられるかっ」

「書類を出していただけないのなら、こちらの領収書は経費として認定できません」

「なっ、ふざけんな！」

男が激高《げきこう》し、千秋に向かって書類を投げつけた。

数枚の領収書が貼り付けられた紙が、千秋の頬に当たって床に落ちる。

明らかなトラブルに、周囲の社員達のざわめきが大きくなった。

——何？

——ほら、総務の、篠田さん。接待の領収書だって。

——……また？　この前もこんなことあったよね。

——篠田さん、融通利《ゆうずうき》かないから。

――ああ…ちょっと、困るよね……。

囁《ささや》かれる社員達の声が、耳をすり抜けていく。

こんな風に言われるのはいつものことで、いちいち相手にしていたら切りがない。

分かってはいるが、何となく腑《ふ》に落ちない気持ちで、千秋は紙が擦ってちりちりと痛む頬をそっと撫《な》でた。

この場をどう収めるべきか考えていると、誰かがすっと自分の前で身を屈め、床に落ちた書類を拾い上げた。

書類を手に、「篠田さん、お疲れ様です」と目尻の垂《た》れた人懐《ひとなつ》っこい笑顔を千秋に向けたのは、営業部にいる、後輩の吉川尚吾《よしかわしょうご》だった。

正直に言って、千秋にとってはあまり嬉しくない相手だ。

彼自身が悪いわけでは、ないのだけれども。

「……お疲れ様です」

普段よりもワントーン下がった声で挨拶を返すと、尚吾はまるで千秋の返事が嬉しいとでもいうかのように、もう一度にこりと笑みを見せた。

普段は爽《さわ》やかなイケメンなんだけど、笑うと可愛いのよね……――そんな女性社員達の噂話《うわさばなし》を、千秋は少しだけ苦い気持ちで思い出した。

尚吾は千秋よりも頭一つ分背が高い。健康的に日焼けしている肌と、無駄《むだ》な肉のついていない、均整《きんせい》のとれた身体。柔らかそうな髪にほんの少しだけついている癖《くせ》が果たして天然なのか、それとも毎日のセットの賜《たまもの》なのか、千秋には判別がつかなかった。

ハッと目を引く外見に、明るくて大らかな性格。

上司や取引先には可愛がられ、後輩には慕《した》われる、常に陽の当たるところにいる男。

それが、千秋の持つ、吉川尚吾のイメージだった。

尚吾はしばらく黙って書類を眺めたあと、その書類で、敵意をむき出しにしていた男の頭を軽く叩いた。

ぱしっと小さく音がして、叩かれた男が「てっ」と首を竦《すく》める。

「西門《にしかど》、これはお前が悪いよ」

「吉川さん……。だって」

「だって、じゃない。特殊な接待の領収書には、接待の詳細を記した書類をつけるのがルールだろ。俺、教えなかった？」

呆れ顔で言われて、その男、西門はぐっと言葉を詰まらせた。

「それに、『たかが総務の分際で』って、相当失礼な言い方だぞ。先輩に向かって、言葉使いもなってないし」

不服そうな西門を一瞥《いちべつ》すると、尚吾は千秋に頭を下げた。

「篠田さん、不快な思いをさせて、すみませんでした」

そう言いながら、「ほら」と西門を促《うなが》す。

尚吾が頭を下げるのを見て、後輩の自分が頭を下げないわけにいかないと思ったのだろう。西門は渋々《しぶしぶ》、「すみませんでした」と謝った。

「……いえ」

居心地の悪さを覚えながら、千秋は眼鏡のフレームを指で軽く押し上げた。

周囲から向けられる視線は、決して好意的なものではない。

きっと、明日には、「総務の篠田が、営業の西門と吉川に頭を下げさせた」という噂が、尾ひれをつけて社内を巡るのだろう。それを考えたら、ため息しか出ない。

「西門の領収書ですけど、接待だったことは確かですから、よろしくお願いします。書類は夕方までに、必ず持って行きますので」

笑顔で「な?」と聞く尚吾に、西門が頷く。

当の西門は、頷きながらもまだ不服そうな顔をしている。

「分かりました。……では」

話は終わったとばかりに、千秋はさっさと踵《きびす》を返した。

用事が済めば、こんなところに長居は無用だ。

「おい、お前は西門に謝罪無しか?」

苛立ち紛れの言葉を投げつけられて、千秋は思わず歩みを止めた。声のした方を見ると、見覚えのある男が千秋を睨み付けている。

先日、これも接待の領収書の件で、千秋と揉めた男だった。

「接待じゃないと思ったからわざわざ調べに来たんだろ? で、人を疑っておいて、謝りもしないつもりか？　前々から思ってたけど、そういうの、社会人としてどうかと思うぞ」

嫌みっぽく言い募る男に、千秋は向き直る。

「接待の領収書には接待の内容や必要性が分かるような書類をつけて提出すること、というのが、会社の規定です。疑われたくなかったら、ルールを守ればいいだけの話です」

淡々とした口調で言うと、男は酸素の足りない鯉《こい》のように口をぱくぱくさせた。

正論は時に、人のプライドを傷つける。分かってはいるが、千秋は他に言い方を知らない。男からふいと目を逸らすと、千秋は静まりかえってしまった営業部を後にした。


季節はもう九月だというのに、一向に衰《おとろ》えない日差しが土を焼き、微かに陽炎《かげろう》を立ち上らせている。

風が吹けば木陰《こかげ》は割と涼しいのだが、それでも、気温の高いこの時間に外にいる酔狂《すいきょう》な人間など自分くらいのもので、公園の中はがらんとしていた。

千秋は日陰のベンチに足を投げ出して座り、栄養補助ゼリーをこくんと喉《のど》に流し込んだ。

ついさっき、営業部であった不快なやりとりのせいで、食欲は全く湧いてこない。

よく公園で見かける黒い野良猫が、どこからともなくやってきて、千秋の足下に蹲《うずくま》った。

期待に満ちたまん丸の目と、目が合う。

毛づやもなく、やせこけた子猫。

以前、気まぐれに一度だけ菓子パンをやってしまったことを、千秋は少し後悔した。

「そりゃ、またもらえるかなって、期待もするよな……」

手を伸ばし、子猫の喉を撫でてやる。猫は気持ちがいいのか、喉をぐるぐると鳴らした。

「ごめんな。可哀想《かわいそう》だけど、責任取って飼うわけにもいかないから、もう何もやれないよ」

猫は心持ち残念そうな顔になって、前足でとんとんと千秋の足を叩く。

「だめだって。……どっちにしても、今日はこれしかないから、諦めろよ」

空になった栄養補助ゼリーを振ってみせ、諦めさせようとしていると、突然猫がびくっと身体を緊張させ、飛ぶように繁《しげ》みの奥へと逃げていく。

驚いて振り向いた先に、さっき営業部で顔を合わせたばかりの、尚吾が立っていた。

「見ちゃいました、猫とおしゃべりしてる篠田さん」

おかしそうにそう言いながら、ベンチを回り込んできて、勝手に千秋の隣に座る。

「探しましたよ、総務にも、カフェにも社食にもいないから」

「……何か用か?」

顔をしかめながら素っ気なく聞くと、尚吾は「昼、一緒したいなと思って」とにこやかに紙袋を振って見せた。

「悪いけど、食事ならもう……」

「まさか、それのこと言ってます? そんなの食事のうちに入りませんよ。海老《えび》フライサンドと、ハムとアボカドのやつと、タマゴサンド。どれがいいですか?」

「……いらない。もう会社に戻るから」

うんざりした顔で立ち上がった千秋は、ふいに手首を掴まれた。

尚吾は、捨てられた犬のような顔をしていた。さっき、営業部で会ったときは気付かなかったが、どことなく、いつもよりも元気がないような気もする。

何か聞いて欲しいことがあるのだろうか。

尚吾の新人研修を千秋が担当したせいか、それとも部署が違うので気楽なのか、彼は、同僚には言えない悩みを抱える度に、ふらりと自分の所へやってくる。

親身《しんみ》になって話を聞いてやった記憶もないし、普段からかなり素っ気ない態度を取っているのに、何故そんな自分に懐くのか千秋には分からなかった。

それに、こんな風に懐かれても、あまり嬉しくない。

千秋は、会社の同僚とは、仕事だけのドライな関係でいたいと思っている。

だが、邪険にするといつも捨てられた犬のような顔になるこの男を、千秋はどうしても無下《むげ》に出来ずにいた。

千秋はため息をつき、無言でベンチに座り直した。

「……タマゴ」

「だと思いました」

ぱっと嬉しそうな顔になり、尚吾はタマゴがたっぷり入ったサンドイッチとアイスコーヒーを紙袋から取り出し千秋の横に置く。

サンドイッチは、千秋が週に三日は通っている、会社近くの小さなパン屋のものだった。偏食《へんしょく》の千秋が好んで食べている物を、この男はよく知っている。

サンドイッチを目にした途端、俄《にわか》に食欲が湧いてきた。ここのタマゴサンドイッチは、タマネギのみじん切りが入っていておいしいのだ。

「……で？」

「え？」

「何か話したいことがあるんだろ？」

遠慮なくラップを剥がしタマゴサンドにかぶりつく。不機嫌さを隠さないまま促すと、尚吾は首の後ろを掻いた。

「あー……、やっぱ、分かりますか？」

分からないわけがない。何度同じように昼食の時間を邪魔《じゃま》されたことか。

返事の代わりに、フンと鼻を鳴らす。

「さっきは、嫌な思いさせて、すみませんでした」

「別に……いつものことだから」

「……だから、せめて俺のいるチームだけは、迷惑かけないようにって思ってるんですけど、指導が行き届かなくて……」

尚吾の提出してくる経費請求書類は、いつも一点の曇《くも》りもない。みんながみんなそうしてくれたら、どんなにか楽だろうかとも思う。

だが、尚吾がいくら気にかけてくれたところで、この先も経費のトラブルは減らないだろう。

営業部の面々は形式に拘る千秋のことが気に入らないのだ。そして総務部は、自分が悪者になりたくなくて、千秋に「要確認書類」を押しつけてくる者ばかり。

部署異動にでもならない限り今日のようなことはこれからもあると、千秋は半分諦めている。何も感じないわけではないが、仕事は仕事として割り切らなければやっていけない。

「あれは、お前のせいじゃないから。……ていうか、ああいうことがあっても、もう割って入ってくるなよ」

「どうして?」

「どうしてって……俺の味方したって、叩かれるだけだろ」

「何だ、そんなこと」

尚吾は一瞬目を丸くして、軽い笑い声を上げた。

「叩かれても気にしません。悪いことは悪いって、ちゃんと言わないと。そう教えてくれたの、篠田さんだったと思いますけど?」

茶化《ちゃか》すように目を覗《のぞ》き込まれて、千秋はバツの悪い思いでふいと目を逸らした。

確かに、新人研修の時にそんな話はしたが、改めて言われると何だか気恥ずかしい。

「話ってそれだけ?」

「冷たいなあ。そんなに俺と一緒にいるの嫌なんですか」

「……別に、そういうわけじゃ」

口ごもる千秋に、尚吾はまた笑う。

それから、尚吾は黙ってアイスコーヒーのストローを口にくわえた。

ストローを軽く噛《か》みながら、物思いに沈むその仕草に、千秋の胸はひやりとする。

似ている、と思った。

人懐っこくて明るい性格も、時折説教臭《せっきょうくさ》いところも、見上げる角度も、穏やかなトーンの声も、ちょっとした仕草や外見までもが、忘れたい記憶を記憶を呼び覚ます。

四年前、尚吾を初めて見た時から、千秋はなるべく尚吾と関わりたくないと思っていた。だから、運悪く尚吾の新人研修を担当することになってしまったときも、普段以上に事務的に接した。

それなのに、どうしてか、尚吾は千秋の思惑《おもわく》とは反対に懐いてしまい、総務部と営業部で部署が離れた今も、何かにつけ千秋の所にやってくる。

「まだ暑いけど、空だけは秋ですね」

ふいに大きく伸びをして、空を見上げながら、尚吾が呟《つぶや》く。

つられて、千秋は空に目をやった。

ぼんやりと雲の流れを目で追っていると、隣で尚吾が「俺」と沈んだ声を出した。

「君島《きみじま》さんと、別れたんです」

驚いて、千秋は尚吾の横顔に目を向けた。

尚吾が彼の直属の上司である君島梨花《りか》と付き合い始めたのは、一年半ほど前だった。

運悪くデート中の二人と鉢合《はちあ》わせしてしまったことがあり、それから千秋は梨花と尚吾の恋愛について、度々聞かされる羽目《はめ》になった。

恋愛に縁のない自分に話しても意味がないとやんわり拒絶してみたこともあるが、尚吾は「秘密の社内恋愛」を他に話せる相手がいないのか、嬉しそうな顔で梨花のことを話していた。

尚吾の方から積極的にアプローチして付き合ってもらったというだけあって、彼女にはべた惚れだったと思う。話す内容を考えても、そう遠くない将来、彼女と結婚するのだろうと思っていた。

ここ数ヶ月は相談しに来ることもなかったので、てっきり上手くいっているのだと思っていたのに。

尚吾は大きなため息をつくと、ベンチの背もたれに背中を預けた。

「きっぱり振られちゃいました。ずっと一緒にいたい相手は俺じゃないって」

何と答えればいいのか分からずに、千秋は黙っていた。

さあっと吹き抜けた風が、身体にまとわりついた熱をさらってゆく。

「…本当は、半年くらい前から薄々分かってたんです。ああ、俺じゃダメなんだなあって。君島さんが自分をさらけ出せるのは、もっと大人の男なんだろうなって」

そっと横目で窺うと、少しだけ目尻の下がった端整な横顔は、憂《うれ》いを帯びていた。

その表情から、千秋は目が離せなくなる。

（……やっぱり、よく、似てる）

千秋は普段思い出さないようにしている男の顔を尚吾に重ねた。

懐かしさとともにこみ上げてくる、重苦しさと、悲しさ。

尚吾が慰めの言葉を欲しがっていることは分かっている。

だが、こんな尚吾を見ていると、どうしても、千秋の意識は別の方へと向かってしまう。

……そうだ。

高校一年の、今日みたいに暑い秋の初めにも、こうして失恋話を聞かされた。

自分はもうその時、「彼」のことが好きで、報《むく》われそうもない想いを胸に押し隠して、落ち込む彼を精一杯慰めたっけ。

「……お前じゃなきゃだめだって言ってくれる相手は、きっといるよ」

かつて、元気を出して欲しい一心《いっしん》で「彼」に言った言葉を、気付けば口にしていた。言ってからふと我《われ》に返り、顔を上げると、尚吾が目を丸くして自分を見ていた。

「篠田さんが慰めてくれるなんて、珍《めずら》しいですね」

不思議そうにじっと目を覗き込まれ、千秋は慌てて視線を外した。

尚吾のことを慰めようと思って出た言葉ではないとは言えるわけもなく、バツの悪い思いで俯《うつむ》く。

「慰めたわけじゃ……」

「じゃあ、飲みに付き合ってください」

「……はぁ？」

話の前後が掴めずに、千秋は思わず間の抜けた声を上げてしまう。

「今晩は接待なんで、明日とかどうですか？　で、俺のこと、慰めてください」

いいでしょ、と笑顔で言ってくる尚吾を、千秋は横目で睨み付けた。

「嫌だ」

「えー、たまには付き合ってくださいよ。篠田さん、いつも俺の誘い断るじゃないですか」

「当たり前だろ。勤務時間外まで、同僚の顔見たくない」

「可愛い後輩が落ち込んでるのに……」

「可愛いと思ったことないから」

「ちょっと、そういうこと、本気っぽく言わないでくださいよ。……ってか、前々から思ってたけど、篠田さん、俺のこと嫌いですよね」

苦笑する尚吾を、千秋は無表情に一瞥する。

「分かってるなら、距離置いて欲しいんだけど」

割と本気で言ったのに、尚吾は冗談に取ったらしい。ふっとおかしそうに肩を揺らした。

「ええー、酷いなあ。でも、俺は篠田さんのこと、好きですよ。篠田さんって、冷たくて言葉もきついけど、本当に弱ってる時には手加減してくれますよね。嫌な顔しながらも、こうして付き合ってくれるし」

「……」

「興味本位にいろいろ聞いてきたりしないし」

ため息をつきながら言う尚吾に、千秋は彼がよく女子社員に囲まれていることを思い出した。彼女たちに何を聞かれているのかは、想像に難《かた》くない。

「まあ、篠田さんは本当に俺に興味がないんでしょうけど。でも、ただ一緒にいてくれる相手って、あんまりいないんですよ。だから、篠田さんといると、何て言うか、心が楽になるっていうか……」

続けて尚吾が口にした一言に、千秋は思わず息を止めた。

——千秋といると、心が楽になる。

そう言ってキラキラした笑顔を見せた彼の顔と、尚吾の顔がオーバーラップする。

こめかみを、冷たい汗が一筋流れ落ちる。気付けば、千秋は立ち上がっていた。

これ以上はもう、限界だった。

「もう戻る。……サンドイッチ、ごちそうさま」

ぼそりとそう口にすると、尚吾は姿勢を正して首を振った。

「いえ、貴重な昼休みに、すみませんでした。話、聞いてくれてありがとうございます」

普段から素っ気ない態度をとっているからか、尚吾は千秋の動揺には気付いていないようだった。

軽く頭を下げる尚吾に背を向けて、千秋は逃げるようにその場を離れた。

——俺は篠田さんのこと、好きですよ。

頭を巡る尚吾の言葉は、やがて過去の記憶と結びつき、「彼」の言葉へと変化して、千秋の心を傷つける。

だから、尚吾とは関わりたくないのに。

重苦しいため息が、唇から零《こぼ》れる。

「ちょっと、アキちゃん、飲み過ぎよ。もうその辺でやめときなさいよ」

カウンターの向こうから店のママにそう言われて、千秋はとろりとした目を瞬かせた。

「…まだ全然酔ってないって」

飲んでも飲んでも、今夜はちっとも酔えない気がした。昼間から続く重苦しい気持ちは、一向に消える気配がない。

グラスに手酌《てじゃく》でなみなみとワインを注ぎ入れ、まるで水でも飲むかのように、ぐっと干《ほ》す。

ワイングラスを置こうとして、千秋はそれを倒した。幸い割れはしなかったが、グラスの底に残っていた赤い液体が零れ、カウンターテーブルを濡らす。

「あーあ、ほら、まともにグラスも置けないんじゃない」

テーブルをおしぼりで拭《ぬぐ》いながら、呆れた口調でママが言った。

綺麗に化粧したママは、一見すると女性にしか見えないが、手際よくテーブルの汚れを拭き取る手には、男性特有の骨っぽさがある。

東京に来てすぐに、ふらりと入った店がこの半地下のゲイバーだった。

静かな雰囲気のバーで、クラブやサウナとは違い、すぐに相手を見付けて出て行ったり、店内でいちゃついたりするような即物的《そくぶつてき》な輩《やから》はあまりいない。

客のほとんどは、しっとりと酒を飲むか、ママとの会話を楽しみに来ている。そんな店の空気が気に入って、千秋はこの店に通い続けていた。

「タクシー呼んであげるから、今日は帰んなさい」

まったく世話が焼けるんだからとぶつぶつ言いながら、ママは千秋の前に置かれていたボトルやおつまみを、さっさと片付け始める。

「まだ大丈夫、だってば。全然、飲み足りない」

そう反論して、千秋はママの背後に並んでいるボトルを、ぼんやりと眺めた。

「……『志乃田《しのだ》』、飲みたい」

日本酒など一本も飾られていない棚を見ながら、千秋はぽつりとそう呟く。

「『志乃田』って、日本酒じゃない。うちは洋酒専門なの、日本酒は置いてません。それに、入れようと思ったって無理でしょ。人気がありすぎて、入手困難だって話よ」

呆れたようにそう言われて、千秋は黙り込んだ。

もう長いこと口にしていない酒を、どうして飲みたいなんて言ってしまったのか、自分でもよく分からなかった。

ふいに幸せだったころの記憶が押し寄せてきて、千秋の心を押しつぶそうとする。

「ねえ、ママ……」

「なによ」

顔を上げると、心配そうなママと目が合った。

話し方も仕草も女性的なのに、こう見えて「女装は仕事の時だけ」なのだという。

素顔は割とイケメンだとか、実は「タチ」でお誘いが絶えないのだとかいう噂は、通っているうちに、何度か耳にしたことがあった。

そんなことを思いだしているうちに、ふと魔が差した。

「今晩、付き合ってよ」

縋《すが》るように、千秋はママを見つめた。

ママは全く動じることなく、「何言ってるの」と千秋の頬を軽くつねってくる。

「アタシはアキちゃんのタイプじゃないでしょ。いい男が現れないからって、手近なところで済ませようとしないの」

「俺のタイプって、何」

「いやだ、何年の付き合いになると思ってるの？　背が高くて、がっちりしてるけど筋肉質って感じじゃなくて、目尻の垂れた、優しい雰囲気のイケメンでしょ、あんたが好きなのは」

ママが細かく特徴を挙げたのを聞いて、千秋は苦笑した。

「……そんなにはっきり分かる？」

「自分で気付いてないの？　アキちゃん、結構露骨よお～」

そう、好きなのは「そういう男」だった。けれど、忘れたいのも「そういう男」なのだ。

「そういうタイプと、もう寝ないようにしようと思って」

「……何か、あったの？」

控《ひか》えめなトーンで聞かれて、千秋は曖昧《あいまい》な笑顔を浮かべた。

灰皿を引き寄せてタバコに火をつけると、千秋はライターを弄《もてあそ》びながらゆっくり煙を吐き出した。

「そういうわけじゃないけど」

あえて軽い口調ではぐらかしてみたが、ママは納得していないようで、心配そうな顔つきを崩さない。

「ねえねえ、じゃあ、俺なんかどうよ？」

ふいに背後からぐっと肩を抱かれて、千秋は身体を硬くした。

馴れ馴れしく身体を密着させてきた男を、横目で見る。

短髪に数え切れないほどのピアス。髭《ひげ》と、きつい香水の匂い。ごついワークブーツを履いていて、タンクトップの胸元は筋肉で盛り上がっている。

「話、聞いちゃった～。酔うと可愛い『アキちゃん』？　俺、あんたのこと狙ってたんだよね。タイプじゃない男には冷たいって聞いてたから半分諦めてたけどさ、今の感じだと、俺もありでしょ？」

そう言いながら、千秋の目を覗き込んでくる。

男の態度は自信に満ち溢《あふ》れていて、断られるなどとは微塵《みじん》も思ってもいないようだった。

確かに、タイプじゃない男と寝てみようかと思った。

でも、こういう、粗野《そや》で乱暴そうな男は好きじゃない。

千秋はタバコを灰皿に押しつけ、男の手を無造作《むぞうさ》に払いのけると、立ち上がった。

「悪いけど、あんたとはないかな。ママ、お会計して」

財布を出す千秋に、男は聞こえよがしな舌打ちをし、荒々しい足音を立てながら離れて行った。

「アキちゃん、タクシー呼んだ方がいいんじゃない？」

男のいる方を気にしながらキャッシャーに立ったママが、千秋に耳打ちしてくる。

「まだそんなに遅い時間じゃないし……平気だよ」

千秋はママを安心させるようにひらりと手を振り、店を出た。

時間が時間だけに、道行く人は酔っ払いが多かった。派手なネオンの真下で、濃厚なキスをしている同性のカップル。派手な女装で注目を集める、ドラッグクイーン。すれ違いざま、人を品定めするような目線を送ってくる男達。

同性を愛する人たちが多く集まることで知られるこの地域特有の、とろりとした濃密な空気は、嫌いじゃない。

でも、ここに来ると、いつも遠い場所に来たと千秋は思う。

故郷を捨てて、遠い場所に来てしまったのだと。

雑踏《ざっとう》の中をふらつきながら、千秋は駅に向かって歩いた。

大丈夫だと思っていたけれど、ママの言う通り、少し飲み過ぎたかもしれない。

足下がふわふわして、世界が揺れている。気持ち悪さはないが、足がもつれて歩けなくなり、千秋は傍にあった看板に縋るようにしてへたり込んだ。

どうしてこんなになるまで、飲んだのだったか。

記憶はすでにあやふやで、頭に靄《もや》がかかっているかのようだ。

ふいに二の腕を掴まれ、立ち上がらされた。

「飲み過ぎちゃった？　具合悪いんだろ？　介抱《かいほう》してやるよ」

振り向くと、バーで千秋に声をかけてきた男が、ニヤニヤと嫌な笑みを浮かべていた。

「……離せよ」

男の手を振り払おうとするが、ろくに力が入らない。

「いいから来いって」

今の千秋なら簡単に連れ込めると踏んだのか、男は目に見えて機嫌がよさそうになった。

「……や、だっ、ってば」

だが、酔っている上に元々の力の差もあって、男の手は全然外れず強引に歩かされる。

見慣れたラブホテルの看板が目に入り、千秋は焦《あせ》った。

このままでは、あそこに連れ込まれる。

「はなせ、って……!」

力一杯暴れ、僅かに手の力が緩んだ隙に体当たりすると、男が尻餅《しりもち》をついた。

今のうちに、逃げなくては。だが激高した男に千秋はあっさりと捕まった。

「くそっ、ふざけんな！　誰とでもヤるビッチのくせに！」

胸ぐらを掴まれ、すごい力で突き飛ばされて、ぶつかった飲み屋のアクリル看板が音を立てて割れた。続いて右の二の腕の辺りが熱くなり、ずくずくと痛みが襲ってくる。

震える手で痛む右腕を押さえ、呆然としている千秋に、男が拳《こぶし》を振り上げた。

殴られる。

バーのママが「アキちゃん！」と叫ぶ声が聞こえたような気がする。だが、そちらを見る余裕もないまま、千秋は身体を縮こまらせ、ぎゅっと目を瞑《つむ》った。

「これ以上暴力振るうつもりなら、警察呼びますよ」

ふいに鋭い声がして、辺りがしんとなった。

「誰だ、お前。関係ないだろ、引っ込んでろ！」

「関係あります。俺、その人の知り合いなんで」

聞き覚えがある声だと思いながら、恐る恐る目を開けた次の瞬間、ドクンと心臓が不穏《ふおん》な音を立てた。

痛む二の腕をかばう指が、小刻みに震える。

振り上げられた男の腕を後ろから掴んで止めているのは、こんな場所にいるはずのない、尚吾だった。

千秋は慌てて目を逸らす。

自分が篠田千秋だと、気付いているのだろうか？

今は、会社でいつもかけている眼鏡は外している。前髪も軽くセットしているし、服もここへ来るときはなるべく普段と違う雰囲気のものを選んでいるから、スーツ姿しか見たことがない相手からしたら大分印象が違うはずだ。

動揺しながらそんなことを考えていると、男が小馬鹿《こばか》にしたように鼻を鳴らした。

「知り合いねぇ」

じろりと尚吾を睨み付けてから、拘束されていた腕を乱暴に振り払う。

「彼氏？　なわけねえよな？　こいつ、誰彼構わずヤりまくってるもんな」

男が放った一言に、尚吾は「え……？」と呟き、動揺を見せた。

その反応に満足したのか、男はニヤニヤした笑いを口元に浮かべ、ぽんぽんと尚吾の肩を叩く。

「知らなかったなら、悪かったなあ。どういう関係か知らないけどさ、ビッチな子猫ちゃんから病気もらわないように、あんたも気をつけなよ。こいつ、この界隈《かいわい》じゃすぐにヤらせるって有名だから」

意趣返し《いしゅがえ》のつもりなのか、男は言わなくてもいいことをわざわざ口にすると、くるりと踵を返して行ってしまった。

「ちょっと、アキちゃん、大丈夫？　アイツ、アキちゃんを追いかけて店を出てったから、心配で来てみたの。こんなことになるなんて……」

バーのママが駆け寄ってきて、千秋を助け起こそうとしてくれる。

「……平気」

その場に立ち尽くしている尚吾の視線を避け、千秋はやんわりとママの手を押しのけた。

「腕、見せてみなさい。やだ、血が滲《にじ》んでるじゃないっ！　病院、行きましょ」

「大丈夫だって……」

この場から一刻も早く立ち去りたいのに足に力が入らず、またへたり込んでしまう。

「もう、だから飲み過ぎよって言ったでしょ！」

ママの怒った声が聞こえる。

EL
olat

蹲っていると、尚吾がアスファルトに膝《ひざ》をつき、心配そうに顔を覗き込んでくる。

「篠田さん、大丈夫ですか？」

やはりバレている。誤魔化《ごまか》す方法はないかと必死で頭を働かせながらも、千秋は何一つ言葉を口にすることができなかった。

揉み合ったせいでアルコールが回ったのだろうか。世界がぐるぐると回っている。

「ねえ、あなた、悪いんだけど、大通りでタクシー捕まえてきてくれない？」

「あの、病院なら、僕が連れて行きます」

「でも……。失礼だけど、あなた本当にアキちゃんの知り合いなの？」

ママが、「アキちゃん、この子と知り合い？」と聞いてくる。

「……しらない」

ゆるゆると首を振り、何とか言葉を絞り出すと、尚吾は「えっ」と困惑した声を上げた。

「篠田さん、吉川です。同じ会社の、吉川尚吾。……俺のこと、分かりませんか？　大丈夫かな、大分酔ってます？」

心配そうに背中に置かれた手を、千秋は乱暴に振り払った。

「……うるさいな。…っていうか、こういうとこでは、知らない振りするのが、ルールだろっ……」

「えっ？　あ……。すみません、そういうの、あまり詳しくなくて……」

尚吾が申し訳なさそうに少し声のトーンを落とす。

尚吾に悪気はないのだ。分かっている。

ゲイ同士の暗黙のルールを、ゲイではない人間に言っても始まらない。千秋はため息をついた。

「何で、お前がここに、いるんだよ…」

「何でって、俺は接待帰りです」

そう言いながら、尚吾はすぐ傍の自動販売機で水を買い、キャップを開けて千秋に差し出してきた。

「飲んでください」

「いい」

ペットボトルを押しやろうとすると、尚吾は少し怖い顔になった。

「ダメですよ。お酒、結構飲んでますよね？」

やや強引に口元に持ってこられて、千秋は渋々ペットボトルを受け取り、水を口に含む。

水は冷たく、甘くて、おいしかった。

「…知り合いって、本当みたいね。じゃあ、悪いけど、任せてもいいかしら？　あたしも、お店あるし。名刺渡しておくから、何かあったら連絡ちょうだい」

「分かりました」

ママと尚吾が名刺をやりとりし、何やら相談を始める。

蚊帳《かや》の外に置かれ、ぼんやりしていると、また世界がぐるぐると回り出す。二人が話している内容は、全く頭に入ってこなかった。

「篠田さん、行きましょう。近くに、確か総合病院がありましたから」

半ば後ろから抱き抱えるようにして、尚吾は千秋を立ち上がらせた。

ぴたりと密着した尚吾の身体は、温かい。

「……病院は、やだ」

千秋は弱々しく首を振った。

「どうしてですか」

「分かるだろ…？　病院で、何て説明するんだよ……」

足を止めて、尚吾を見上げる。尚吾は千秋の視線に、「でも…」と困った顔をする。

「頼む。ダメだと思ったら、後で、ちゃんと行く、から」

千秋は縋るようにスーツの裾《すそ》を掴んだ。

困惑した視線で周囲をそっと見回した尚吾は、通り過ぎるカップル達を見て、千秋の言いたいことを察したようだった。

しばらくして、はあっと観念《かんねん》したようなため息を漏らす。

「分かりました。でも、せめて手当だけはさせてください。送りますから」

手を挙げてタクシーを止めながら、尚吾はきっぱりとそう言い切った。

「篠田さん、家、どこですか？」

安心したからか、再び頭がぼうっとしてくる。

「いえ、は、新潟《にいがた》……」

眠気がやってきて、千秋は目を閉じた。

「えっ？　ちょ、ちょっと、篠田さん！　今住んでる家はっ？」

戸惑いながらも、尚吾の腕がぐったりと寄りかかる自分を支えてくれるのが分かる。

温かで力強い腕。

それは、「彼」の温もりにとてもよく似ていて、何だか悲しくなった。


誰かに頬を撫でられた気がして、千秋はふっと目を開けた。

見慣れない、シンプルなスタンドライトが、ベッドサイドで光を放っている。

ふかふかのベッドに横たわったまま、千秋は首を動かして室内を見回した。

フローリングの床に敷かれた、黒くて毛足の長いラグ。ダークブラウンのソファ。少し凝ったデザインの壁掛け時計と、隅に置かれた観葉植物。

室内は、まるでモデルルームのように、きれいに整えられている。

（……どこだ？）

記憶の糸をたぐってみるが、ここへ来た経緯が思い出せない。

いつものバーで、浴びるほどアルコールを飲んだのは覚えている。

それから、帰る途中でしつこく言い寄ってくる男と口論《こうろん》になって……。

考えながらベッドに右手を突いて起き上がろうとした千秋は、突然びりっと走った痛みにうめき声を上げた。

（……そうだ）

殴られそうになったところを、尚吾に助けられたのだった。

その後、一体どうしたのだったか。考えてみても、よく思い出せない。

ベッドの上に起き上がり、右腕をかばった体勢でぼんやりしていた千秋は、ドアが開閉する微かな音に顔を上げた。

「目が覚めたんですね」

部屋に入ってきた尚吾が、千秋を見てホッとした顔になる。買い物に行っていたのか、手に白いビニール袋を下げていた。

「気分は？　どうですか？　消毒液とか、買ってきました。傷、見せてください」

そう言いながら、尚吾は千秋の横に座る。ベッドが、尚吾の重みに少しだけ沈んだ。

大人しく右腕を差し出し、傷が見えるように袖をたくし上げる。

「うーん、服の影になってよく分からないな。ちょっと、いいですか？」

尚吾はためらいもなく千秋のシャツのボタンに手をかけ、外した。

止める間もなくシャツをはだけられ、頬が火照《ほて》る。

尚吾にとっては男同士の「何でもないこと」も、千秋にとっては違うのが分からないのだろう。

「そんなに切れてはいませんけど、打撲痕がすごい色になってますよ。本当に病院行かなくて、大丈夫……」

顔を上げた尚吾と、まつげが触れそうな距離で目が合う。

赤面している千秋を見て、心配そうだった顔に、徐々に戸惑いが広がっていく。

ハッと尚吾は何かに気付いたように、突然タオルケットを掴んで、千秋の身体にかけた。

「あの……。すみません」

「……いや」

「……その、篠田さんは……ゲイ、なんですよね？」

何故か声をひそめる尚吾に、千秋は眉根を寄せた。

あんな場所で男と揉めていたことからも、男が暴露《ばくろ》していった内容からも、もう全て分かっているだろうに、何故わざわざ聞くのだろうか。会社の先輩後輩とはいえプライベートは関係ないのだから、知らない振りをしてくれればいいのに。

「……あんなところにいたんだから、お前だって怪しいだろ」

少し意地悪な気持ちになって、千秋はぼそっと呟いた。

「えっ？　ちっ、ちがいますよ！　俺はゲイじゃないです！　今日は接待で、お客さんがオカマバーに行きたいっていうから、付き合いで」

慌てて釈明《しゃくめい》を始めた尚吾を千秋は横目で睨む。

「悪かったたな、ゲイで」

わざと嫌みっぽい言い方をすると、尚吾は一層慌てた。

「ちょっ、待ってください、篠田さんを否定したわけじゃないです。ただ、自分は違うって、そう言いたかっただけで……っていうか、篠田さん、俺が君島さんと付き合ってたって、知ってるじゃないですか！」

必死で弁解《べんかい》する尚吾は、会社では見たことがないほどの狼狽えぶりだ。

ふいに、千秋の中に悪戯心《いたずらごころ》が湧き起こった。

もし千秋が迫ったら、この男は、どんな顔をするのだろうか。自分と一緒にいると心が楽になるなどと言っていたが、迫られた後は、やはり自分のことを避けるようになるのだろうか。

それならそれでいい。いや、むしろ、そうなった方が、顔を合わせる度に思い出したくない過去を思い出すことも、きっとなくなる。

うっすらと笑みを浮かべて、千秋は思わせぶりに、首を傾げて見せた。

「女としか付き合ったことがないから、そうじゃない…とは限らないだろ？」

「……え？」

「一度ヤッてみたら、知らなかった自分に気付くかもしれない」

色っぽいとよく褒められる流し目を、尚吾に送ってみる。そうして、千秋は緩んでいた尚吾のネクタイに指を絡め、ゆっくりと取り去った。

ワイシャツのボタンに手を掛け、一つだけ外すと、尚吾の喉がこくりと鳴る。

反応は、悪くない。

「興味あるなら、してみるか？」

誘うように、千秋は指をワイシャツからスラックスへと滑《すべ》らせた。膨らみをたどるように、スラックスの上で指を動かす。

「しっ、篠田さん、冗談、ですよね？」

尚吾は焦ったように千秋の手首を掴んだ。

見上げた顔は赤らんでいて、額にうっすら汗が浮かんでいる。

千秋は目を逸らさずに、尚吾をじっと見つめた。

「冗談だと思う？　本当のこと言うと、お前、好みのタイプなんだよね……」

囁くと、尚吾は黙り込んだ。

嫌なら、自分を殴って、この部屋から追い出せばいい。それで関係が断絶《だんぜつ》したって、一向に構わない。千秋は硬直している尚吾のベルトを外し、スラックスの前立てを開いた。

下着の上から、尚吾の雄に触れる。

ずっしりと質量のあるそれは、意外にも、しっとりと熱を帯び始めている。まだ柔らかい茎を取り出し、手のひらで優しく包んで軽く扱《しご》くと、尚吾はびくりと身体を震わせた。

尚吾の反応には構わず、千秋は彼の雄に顔を寄せ、べろりとそれを舐めた。

もう一度、尚吾の身体がびくっと反応するが、やめさせようとする気配はない。

茎に舌を這《は》わせ、鈴口を舐め上げる。

尚吾の雄はすぐに硬くなった。男なんてそんなものだ、と千秋は頭の片隅でぼんやり思った。ダメだと頭で思っていたところで、こうして刺激を与えられれば簡単に勃つのだ。

千秋は大きく口を開け、尚吾の雄を深く咥え込んだ。

「ちょっ……し、篠田さんっ」

理性が働いたのか、尚吾の手がぐっと千秋の頭や肩を押し、抵抗を示してくる。

しかし、千秋はそれを無視して雄に舌を絡め、唾液《だえき》をまとい付かせて、ゆっくりと頭を上下させた。

頭上で、尚吾が息を呑む。千秋を押し戻そうとしていた手から徐々に力が抜け、やがて、それは、ただ置かれているだけになる。

尚吾の呼吸は、段々荒くなっていった。

目を閉じて、千秋は雄が自分を貫くところを想像した。

太くて硬い茎で身体の中を開かれて行く感覚。受け入れる痛みと、頭の中がぐちゃぐちゃになるような快楽。それを思うだけで、千秋の下肢も熱く熟《う》れてくる。

「っ、篠田さん、出そうだから、もう離して……」

ふいに、切羽《せっぱ》詰まった声で尚吾が言い、千秋の頭を押した。

ちらりと上目遣いで見上げると、尚吾と目が合った。

その目は、戸惑いと焦りばかりだったさっきとは違い、千秋もよく知っている欲望に濡れていた。

雄を口から離し、唾液に濡れた唇を手の甲で拭う。

「気持ち、よかった?」

「……」

尚吾は答えず、千秋から目を逸らす。

だが、そそり立ったまま萎《な》えない雄が、彼の気持ちを雄弁《ゆうべん》に物語っていた。

千秋はシャツを、無造作に脱いだ。ズボンと下着も脱ぎ捨て、裸になる。

尚吾の横顔から、抑えきれない欲望と共に、一線を越えることへの迷いが透けて見える。

構わず、千秋は尚吾に跨《また》がり、雄の先端を蕾に押しつけた。

「……篠田さん、ちょっと、待って」

千秋を押しのけようとする尚吾の目を、手のひらで覆う。

「……嫌なら、目を瞑って、女の子のことでも考えてたらいいよ」

千秋は尚吾の雄を後ろ手に支え、腰を落とす。

蕾の入り口にぬるついた雄が潜り込んだ瞬間、ふいに強い力で両手首を掴まれ、ベッドに押しつけられた。

覆い被さる男を見上げる。その表情からは、いつもの穏やかさや余裕がなくなっている。

快楽を貪《むさぼ》ろうとする、雄の顔だ。

落としてやった。しかも、男同士のセックスなど今の今まで考えていなかった相手を。そう思うと、興奮した。

ただの動物と化した尚吾が、息を荒げて千秋の耳たぶを舌で舐《ねぶ》る。尚吾の唇が顎《あご》のラインをたどり、至近距離で目を覗き込まれる。

キス、される。咄嗟《とっさ》に、千秋は顔を横向けた。

「キスはいやだ」

低い声で拒むと、尚吾は数秒の沈黙の後、了解の合図のように千秋の首筋にキスをした。

そのまま肩へ、鎖骨《さこつ》へ、胸へと、唇を移動させていく。

「……っ、あ」

ツンと尖《とが》った乳首を軽く吸われ、千秋は思わず声を上げた。

千秋の艶声に興奮したのか、尚吾は執拗《しつよう》にそこを攻めてくる。

「っ、んっ、も、いいからっ」

たまらなくなって、千秋は拘束されていた手を振りほどき、尚吾の肩を押した。

「どうして？　気持ちよさそうだったのに」

「お、男なのに、こんなとこ気持ちいいわけないだろ。ちょっと驚いただけだ。……そういうの、しなくていいから。コレ、挿《い》れて」

ぶっきらぼうな物言いで、尚吾の雄に触れる。

愛撫《あいぶ》など必要ない。もっと、即物的なセックスでいい。

そう思っていると、クスッと笑われ、「可愛いなあ」と囁かれる。

「……なっ、なんだそれ、馬鹿にしてんの？」

「してませんよ。思ったことを言っただけです」

優しげな声とは裏腹《うらはら》な、強い力で両手をベッドに縫い止められ、千秋は驚いて尚吾を見上げた。

「ねえ、篠田さん。俺、セックスするならちゃんとしたいんです」

にこりと笑った顔に、いつもとは違う、意地悪な色が覗く。

「篠田さんだって、痛いより、気持ちいい方がいいでしょう？」

言いながら、尚吾は千秋の耳たぶを軽く噛んだ。

再び温かい舌で舐られて、背筋に甘い痺《しび》れが走る。

「っ、いい、そういうの、いらない！」

焦って、千秋は暴れた。

弾みで、ケガをした右腕にズキリと痛みが走る。小さなうめき声を漏らし、硬直する千秋を見て、尚吾はあっさり拘束を解いた。

大きな手のひらが、千秋の身体をたどり始める。

同時に胸の飾りを甘く食み、噛んで、舌で転がす。ねっとりと舌が動く度、快楽が湧き起こった。

そんな自分の身体が、怖い。

身をよじって尚吾の舌から逃れようとするが、その度に引き戻されてしまう。

男同士のセックスは、お互いの欲を吐き出すための行為だ。だから、こんな風に、まるで恋人同士のようにされると、どうしたらいいのか分からなくなる。

「……あ、っん、……」

ようやく唇が離れたかと思うと、今度は体中を這い回っていた手が、胸の飾りを弄《いじ》り始める。唇が腹部をなぞり、弱い臍《へそ》のくぼみに、尖った舌先が潜り込んでくる。

「もう、やだっ……」

反応してしまった場所をしつこく舐られて、千秋は半泣きになった。

顔を上げた尚吾に、できる限りの媚《こ》びた視線を送る。

「なあ、お、お願い、だから、もう挿れて」

萎えた様子がない雄を膝で捕らえ、ぐりっと押して刺激を与える。

そうすると、たいがいの男は舌なめずりしながら千秋の膝を割り、性急に雄を押し込むことを、千秋は知っていた。

だが、尚吾はほんの数秒眉根を寄せただけで、「まだ、だめ」と答えた。

身体を起こし、悪戯をする足を掴んで、今度は膝裏に唇で触れる。

「……っ、よ、よしかわっ」

足をばたつかせると、ふいに、両足を大きく広げられた。

ぐっと腰を進めてくる尚吾に、千秋はほっと安堵《あんど》する。これで、雄をねじ込まれて、終わり。けれど、期待とは裏腹に、尚吾は指で千秋の唇をなぞった。

「口、開けてください」

「……？」

「指、舐めて……」

言うなり、千秋の口をこじ開けるようにして、長い指を突き入れてくる。

千秋は言われたとおりそれに舌を絡め、尚吾の雄にしたのと同じように愛撫した。

十分に唾液をまとった指が出て行った直後、蕾にその指が触れ、千秋は身体を強ばらせた。

入り口をなぞった中指が、するりと中へ潜り込んでくる。

「……案外、簡単に入るものなんですね」

ゆっくりと中で指を動かされ、千秋は小さく悲鳴を上げた。

「そ、そんなの、しなくていいっ！」

暴れる身体を巧《たく》みに押さえつけながら、尚吾が首を傾げる。

「どうしてですか？　ちゃんと馴らさないと、痛いでしょう？」

「……っ、も、もう準備してあるから、いらないんだよ！　いいから、挿れろって！」

翻弄《ほんろう》するつもりが翻弄されている事態に苛立ち、半分ヤケになって叫ぶ。

「……準備って……自分で？」

興奮と、何故か少しの不機嫌さとがない交ぜになったような顔で、尚吾が千秋を見た。

「誰かと、こういうことするつもりだったの？」

「……そう、だよ」

「誰と？」

問われて、千秋はふっと皮肉《ひにく》っぽい笑みを浮かべる。

「それ、聞くの？　あの男が言ってたこと、聞いただろ」

冷めた声で答えると、尚吾は身体を起こし、千秋の中から指を抜いた。

誰とでも寝ると言っていたことを思いだして、さすがに、気持ちが萎えたのだろうか。

千秋はため息をつくと、身を起こした。

「もう、いい」

「え……？」

「やりたくなくなったんだろ？　他の男探すから、もういいよ」

淡々とそれだけ言ってベッドから降りた千秋は、突然背中から強く抱き締められ引き戻された。

そうしながら、尚吾は千秋の首筋に顔を埋めた。

「行かないでください。俺が、気持ちよく、しますから」

囁く声が、少し焦りを含んでいる。

背後から回ってきた手が、千秋の茎を捕らえた。大きな手のひらに包まれ、上下に扱かれて、千秋は息を乱す。尖っていた気持ちがほろりと崩れ、身体から力が抜けていく。

それを見計らったかのように、尚吾は再び指を千秋の中に潜り込ませた。

中でぐるりと指を回されて、小さく悲鳴を零す。

「…んっ、あっ」

身体が熱を帯び、しっとりと汗に濡れていくのが分かった。

中心からとろりと蜜が溢れ、止められなくなる。

「い、イく、もう、……っ」

しかし、解放される寸前、尚吾の手が千秋の茎の根元をぐっと押さえつけ、奔流《ほんりゅう》をせき止められてしまう。

「や、だ、は、離せよっ、イきたいっ……」

「まだ、ダメです。結構お酒入ってるみたいだし、イったら寝ちゃうでしょ？」

中を探る指がぐっと深くなり、少し荒っぽくなる。千秋は息を止め嬌声《きょうせい》をこらえた。がくがくと腰が震え出し、生理的な涙がまつげを濡らす。

「お、お願い、もう、むり、んっ、あっ……」

甘えた声を上げ、頭を尚吾の胸に擦りつけて頼んでも、尚吾は「だめ」と言うばかりで許してくれない。

「煽《あお》ったのは、篠田さんでしょう？　責任持って、もう少し、付き合ってください」

尚吾は千秋の中に沈めた指を、二本に増やした。

「……っ」

頭の芯が痺れる。内壁をなぞられ、前立腺を押されるうちに、千秋は抵抗も忘れ、ただ声を上げて尚吾に身を委《ゆだ》ねることしか出来なくなった。

「……俺にグズグズにされて泣いてる篠田さん、可愛い」

興奮した声が、耳元で囁く。

「ここ、押さえてて。……イッたら、お仕置きですよ」

千秋は涙を零しながらも導かれるまま、自らの茎を握った。

尚吾の指が中から出ていき、千秋は小さく息をつく。

ベッドサイドのチェストを探り、そこから四角いパッケージを取り出した尚吾は、千秋をベッドに横たえると、それを口で破いた。

慣れた手つきで自らの雄に装着し、千秋の足を広げる。正面から覆い被さってくるのにハッとして、千秋は思わず「待って」と上擦った声を上げた。

「う、後ろから……。後ろからが、いい」

尚吾は泣いている千秋の涙を指で拭うと、「後ろからが好きなの？」と聞いてきた。

頷くと、少しだけ困った顔になる。本当は、恋人でもない男の顔を見ながら抱き合うのが嫌なだけなのだが、わざわざ説明するつもりはない。

「でも、右腕ケガしてるから、身体支えられないでしょう？」

「平気、だから」

必死に首を振ると、尚吾は何やら考え込んだ後で、左肩が下に来るように千秋の身体を返した。右側に枕を押し込まれ、いたわるように傷ついた右腕をそっと撫でられる。

「挿れますよ」

囁く声に、千秋は小さく頷いた。

腰を持ちあげられ、蕾に硬いものが押し当てられる。

ぐっと力を込められて、上げかけた悲鳴を呑み込む。

「篠田さん、力、抜いて」

背中を撫でられて、千秋は詰めていた息を少しずつ吐き出した。

痛みに、身体が引き裂かれそうだった。もうやめてくれと泣き叫びたくなる。

けれど同時に、もっと激しくして欲しいとも思う。そうして、早く何も考えられなくなってしまいたい。

シーツをぎゅっと握りしめて耐えていると、尚吾がふいに動きを止めた。

「つらい？」

心配そうに、千秋の汗に濡れた髪を指先で梳《す》いてくる。

ゆるゆると首を振ると、尚吾は「でも……」と迷っているような声を上げた。

「痛い、ほうが、いい」

一言ひとこと、言葉を句切《くぎ》りながらそう告げる。

どうしてか、ぽろりと涙が零れ落ちた。

「……痛いのが、好きなの？」

黙って頷くと、また一筋、涙が頬を伝う。

好きなんかじゃない。

でも、気持ちがいいだけのセックスは、一生できないと分かっている。

中途半端な位置で止まっていた雄が、またゆっくりと千秋の中に沈み始める。

なじみのある深さまで来たそれが、更に奥に進もうとするのに、千秋は動揺した。

「も、もう無理、入らない」

首を振って止めようとするが、尚吾は黙って腰を進めてくる。

「な、なあ、もう、全部、入っただろっ…？」

肩越しに振り向くと、尚吾は「まだです」と言いながら、ずり上がろうとする千秋の腰を掴んだ。

暴かれたことのない深さまで、尚吾が押し入ってくる。

「やだ、やだっ……ひっ」

叫んだ瞬間、ぐっと奥を突かれ、千秋は短い悲鳴を上げた。

全てを納めると、尚吾はぴたりと身体を沿わせるようにして、千秋を抱き寄せた。

密着した背中が熱い。

尚吾は時折千秋の耳たぶを舐りながら、腰を動かした。

小刻みに奥を突かれ、全身が甘く痺れる。気持ちがよくて、溶けてしまいそうだ。

「奥、好きなんですか?」

上がった息で、尚吾がそう聞いた。

奥が好きかなんて、知らない。誰にも、こんな奥にまで、来られたことはない。

しかし、そう答える余裕などなくて、千秋はただ翻弄されてぐずぐずと泣き、首を振る。

「篠田さん、反則ですよ……。何でそんなに可愛いんですか」

たまらなそうに呟いて、尚吾は身体を起こすとゆっくり抜き差しを始めた。

「あっ、あ、……」

カリで前立腺を押しつぶされ、奥を突き上げられ、千秋の茎から、こらえきれず、透明な雫が零れる。

よくて、よすぎて、頭がおかしくなりそうだった。

目を閉じて、好きで好きで、自分の人生の全てだった男の、優しい腕を思い出す。

彼としたセックスがどんなものだったか、もう忘れてしまった。

唯一覚えているのは、抱かれている間、涙が出そうなほど幸せだったこと。

そう、こんな風に余裕無く、求められていたかもしれない。

想像と現実がオーバーラップし、千秋の意識は過去へと飛んだ。

自分を求める腕に縋り、頬ずりをし、涙を拭ってくれる手にキスをする。

——気持ちいい?

そう聞いてくる声に、何度も頷いてみせる。

心の中で「彼」の名前を呼ぶと、それに答えるかのように、力強い腕に抱き寄せられた。

「イ、く、……っ」

泣きながらそう訴えると、優しい手がそっと茎を押さえていた千秋の手を外し、強弱をつけて扱いてくれる。

瞬間、千秋の頭は真っ白になった。

身体が小さく痙攣《けいれん》し、熱の固まりが中心から溢れ出す。

背後で息を詰めた男が、二、三度激しく突き上げて、性急に千秋の中から出ていくのが分かった。

もう、指一本動かせない。

意識を手放す瞬間、優しい指が、額に浮いた汗を拭ってくれた。

好きだよ、と呟くと、指は驚いたように一度離れ、それからおずおずと戻って来て、頭を撫でる。

亮《りょう》、と呼びかけても、返事はなかった。

それきり、千秋の意識は眠りへと吸い込まれていった。

――こうしてると、すげー幸せ。

抱き合った後、くったりとベッドに突っ伏していた千秋を、汗に濡れた腕が抱き寄せる。

――好きだよ。

真正面から見つめてくる目が、きらきらと輝いている。

――……俺も。

掠れた声でそう答えると、「彼」は本当に嬉しそうな顔で笑った。

近付いてきた唇を、軽く口を開けて受け止める。

セックスよりも、こうして唇を合わせる方が、千秋は好きだった。

彼の愛が、ただの欲望ではないと感じられるから。

愛されていると、感じられるから。


目を開けると、頬は涙で濡れていた。

普段は心の奥深くにしまい込んで、思い出さないようにしている幸せだった頃の記憶は、ときどきこうして夢となり、現実の千秋を苦しめる。

涙を拭い、千秋はベッドの上に身体を起こした。その瞬間、ベッドに突いた右腕に、鈍い痛みが走る。ハッとして右腕を見ると、そこには包帯が巻かれていた。

昨夜のことを思い出そうとして、千秋は隣に誰かが眠っていることに気付く。

その顔を覗き込んで、千秋は硬直した。

「……よ、しかわ」

ざっと音を立てて、血の気が引いていく。

同時に、昨夜バーを出た後で絡んできた男から助けてもらったことや、その後この部屋でこの男と何をしたのかも、全て思い出した。

誘ったのは、自分からだった。

酷く酔っていたとはいえ、まさかこんなことをしでかすとは。

ベッドの下に落ちていた服をかき集めると、千秋は急いでそれに着替えた。

ソファに置かれていた鞄を掴み、逃げるように部屋を出る。

拾ったタクシーの車内で、千秋は頭を抱えた。

何てことをしてしまったんだろう。

よりにもよって、吉川尚吾と寝てしまうなんて。

数時間後に、どんな顔をして会えばいいのか分からなかった。

酒癖《さけぐせ》が悪いのは自覚していたが、ここまで酷いことになったのは初めてだ。

まともな考えが出来ないほど酔っても、記憶だけは毎回しっかり残っている自分が恨《うら》めしかった。

千秋は深く深くため息を付き、背もたれに身体を沈めた。

体中が、軋《きし》むように痛い。

タクシーのラジオが午前四時を知らせる時報を鳴らし、アナウンサーの「おはようございます」という硬い声が車内に響く。

千秋の事情などお構いなしに、容赦《ようしゃ》なく、新しい一日が始まろうとしていた。


「営業部に、異動?!」

人気の無い会議室で、千秋は思わず大きな声を上げた。

二つ隣の席にふんぞり返るようにして座った総務部の部長が、渋い顔で頷く。

「そう。今日からね」

「きょ、今日から、って……。ちょっと、待ってください、そんな急に」

「もう決まったことだから」

すっと目の前に辞令《じれい》を置かれて、千秋はそれを食い入るように見つめた。

辞令には、「総務部　篠田千秋　本日付で営業部への異動を命ずる」としっかり記載されている。部長はわざとらしいため息をついて見せた。

「こんな急な異動、うちだって困るんだよ?」

ぶつぶつ言いながら、部長はタバコに火をつける。

「わ、私より適任が、他にもいると思いますが……」

「分かってるよ。篠田君が営業向きじゃないってことは。だけどね、向いていない部署に配属されることは、社会人だったらいくらもあるだろう？」

「………」

「営業部は、社員が一人過労《かろう》で入院した上に、主任クラスの社員が年末で退職することになってね。一から叩き上げている余裕はないから、即戦力になりそうな社員を異動させろと、そういうことなんだ。実力を買われての異動なんだから不満そうにするな」

ぽんぽんと左肩を叩かれて、千秋は眉を顰《ひそ》めた。

嘘をつけ、と心の中で悪態《あくたい》をつく。人付き合いが悪くて愛想も悪い、可愛くない部下を、この機に厄介払《やっかいばら》いしたいだけとしか思えない。

「君、実家が老舗《しにせ》の酒蔵なんだって？　昨年から、うちが日本酒に力を入れているのは知ってるだろう？　君が貢献《こうけん》してくれれば、会社にとってもプラスになるんだけどねえ」

それが本音か。握りしめた拳が、冷たくなっていく。

「……実家とは、東京に出てきて以来疎遠《そえん》なので、ご期待には添えないと思います」

会議室に、沈黙が落ちる。

「ま、ともかく」

部長は煙を吐き出して、半分になったタバコを灰皿に押しつけると、机の上に置かれた辞令の紙を、人差し指でコツコツと叩いた。

「これは会社の決定だから。どうしても嫌なら、会社を辞めるしかないね」

でっぷりと肉のついた重そうな身体を起こし、椅子から立ち上がる。

意地の悪い言い方だと思った。

「……仕事の引き継ぎは、どのように」

「しばらくは総務と営業で行き来してもらうことになるかな。すまんが、よろしく頼むよ」

仕事を今の二倍やれということをさらりと告げて、部長は会議室を出て行く。

よりにもよって、営業部への異動とは。

身体が重さを増した気がした。


千秋が働いている『ニックナックストアジャパン』は、新鋭《しんえい》の食品専門商社だ。直営の小売店『E & W. W. W』《イーアンドトリプルダブリュー》では、他では見ない商品をたくさん取り揃えており、若者や女性達から圧倒的な支持を集めている。

大きくはないものの、東京・青山の一角に全面ガラス張りの自社ビルを持ち、その小洒落《こじゃれ》た外観のせいなのか、「社員は顔で選ばれている」などという噂があった。

噂は所詮《しょせん》噂でしかないが、営業部や海外事業部などは本当に顔で選んでいるのかもしれないと思うほど、華やかな面子が揃っていた。

彼らは、総じて飲み会好きで、パーティー好きだ。

対して、総務部は地味な部署だった。

小口現金の管理や郵便物の仕分け、備品管理など、社内の雑務を引き受け、外部との接触はほぼゼロ。そのせいで、新入社員などは総務部に配属されるとあからさまに残念がる。

しかし、千秋にとって他人から干渉《かんしょう》されず仕事ができる総務部は、居心地が良かった。入社して七年。これからも総務部での仕事は続くのだと思っていた。

それなのに。

「……総務から異動になりました、篠田です。よろしくお願いします」

とりあえず必要な身の回りの物だけ詰め込んだ段ボールを抱え、軽く頭を下げる。

視線を上げると、明らかに「歓迎していません」という表情の社員達が、遠巻きに自分を見ていた。

そうだろうな、と千秋は心の中でひとりごちた。

千秋が担当していた小口現金や備品の管理が厳しかったこともあり、特に経費が多く発生する営業部で、千秋の評判はすこぶる悪い。

「……よりによって、何であいつなんだよ……明らかに営業向いてないだろ」

ひそひそと囁く声が聞こえて、千秋はため息をつきたくなった。

(それは、俺が言いたいよ)

一人で机に向かう仕事が多い総務部とは違い、営業部はチームで仕事をする。

それは、千秋の一番苦手とするところだった。

「はいはい、挨拶終わり！」

突然ずいっと目の前に見知った顔が現れる。

「き、君島さん……」

いるだけでぱっと場が華やぐような美女が、千秋を見てにっこり笑った。

細身のパンツスーツを着こなし、はっきりした目鼻立ちの顔に薄く化粧を施した、モデルばりの長身女性。君島梨花だ。

尚吾を振った相手でもある。

「久しぶり、篠田くん。よく来てくれたわ！」

「えっ、あの……」

「私たちのチームはこっち。来て」

抱えていた段ボールを梨花に奪われ、千秋は狼狽える。

梨花がスタスタと歩いて行ってしまうので、千秋は慌てて後を追った。

「……おいおい、まさか、いきなり君島主任のチームに配属なの？」

「ってことは、あのプロジェクトに？　冗談だろ、何であいつが……」

部内に、ざわめきが広がっていく。

(……君島さんのチームって、まさか)

千秋の背筋を、冷たい汗が流れた。

「ここが君島チームの島ね。篠田くんの席はあそこ」

梨花が、向かい合わせに六人分の席がある一角を示す。

チームの島には、つい昨日、接待の領収書の件で千秋といざこざのあった西門がいた。

不満そうな顔で巻き髪に人差し指を絡ませている若い女性社員の三田《みた》に、好々爺《こうこうや》といった雰囲気の中年男性、長谷川《はせがわ》。

梨花が紹介してくれたチームのメンバーはその三人だけで、尚吾の姿はない。昨日、書類のことで西門に注意をしていたし、てっきり尚吾は君島のチームかと思っていた。

ほっとしながら頭を下げたとき、バタバタと誰かがフロアに駆け込んで来た。

「すっ、すみません、起きたら九時で……って、え？　篠田さん？　ど、どうしてここに？」

「過労で倒れた加藤《かとう》くんの入院、ちょっと長引きそうなの。で、人手が足りなくなったので、急遽《きゅうきょ》篠田くんに来てもらうことになりました」

遅れて来た尚吾に、梨花が簡単な説明をする。

千秋と同じく、尚吾も突然のことに、動揺を隠せない様子だった。

「でも主任、だからってどうして、営業経験のない篠田さんが、うちのチームに？　プロジェクトのこと考えたら、他のチームから引っ張ってきた方がいいと思いますけど」

三田が、グロスでつやつやしている唇を尖らせる。

「そうですよ。このプロジェクトに関わりたいと思ってる人間は、営業部内にもたくさんいるじゃないですか。俺、正直、この人とは上手くやれないと思います」

容認《ようにん》できないと言いたげに、西門が三田に同調する。

「上で協議した結果、これが最善だってことになったの。今日突然辞令が出た篠田くんには申し訳ないし、みんな思うところがあるのも分かるけど、これはもう決定事項だから」

梨花は二人の不満をその一言で片付け、千秋に向き直った。

「で、篠田くん。当面の間、あなたは吉川くんについて仕事を覚えてもらうから、よろしくね」

「「えっ……」」

千秋と尚吾が、同時に声を上げる。

思わず顔を見合わせてしまって、千秋は慌てて目を逸らした。

尚吾に仕事を教わるなんて、冗談じゃない。

「でも、篠田さんって、吉川さんの先輩ですよね？」

三田が明らかに面白がっているような声色《こわいろ》で言う。

「あっ、それ、聞いたことあります。吉川さん、最初は総務に配属される予定で、新人研修は篠田さんが担当だったんですよね」

「いくら何でも、後輩が先輩を指導って……」

西門と三田は顔を見合わせ、おかしそうに口元を歪《ゆが》めた。

「言っておくけど、チームの中で、吉川くんが一番仕事が出来るって思ったからこその判断だから。それに、後輩が上に立つなんてこと、世の中にはざらにあると思うけど？」

梨花の呆れた声に、二人はバツの悪そうな顔になる。

「篠田くん、ミーティングがてら、今チームで担当しているプロジェクトの説明をするわ。みんなは進捗《しんちょく》の報告！　十分しか時間取れないから、急いで」

梨花がパンと手を叩いた途端、チームの社員達はきりりとした顔つきになり、書類を手にミーティングルームへと入って行った。

君島チームが担当しているプロジェクトというのは、総務部の千秋でも耳にしたことがある、大型案件だった。

アルコール部門が昨年から日本酒の取り扱いをはじめ、かなりの売り上げを叩き出したらしい。そのブームに乗って、フレンチの一流シェフが監修《かんしゅう》するコラボレストランを展開しようというのだ。

小売店しかなかった『ニックナックストアジャパン』初のレストラン事業であり、将来的には全国展開、海外展開を目指すという、いわば社運を賭《か》けた一大プロジェクトだ。

確か、総務部からも数名プロジェクトに参加していたと思う。少数精鋭のメンバーに選ばれたと自慢げに話していた同僚がいたことを、千秋はぼんやりと思い出した。

「一号店は来年の一月に恵比寿にオープン予定。その後、二月に新宿、三月に目黒、品川、横浜に店舗を展開させて、様子を見ながら全国展開させていくことになってるわ。プロジェクトはもう大分進んでて、主力銘柄《めいがら》の日本酒の選定は終わってるの。今、シェフのピエール・メイヤーが、日本酒に合わせたメニューを考えているところ」

梨花の説明を聞きながら、千秋は渡された書類に目を通した。

日本酒は、常時店に置かれる予定の「有名銘柄」と、入荷次第で入れ替わる「個性派銘柄」がリストアップされ、それぞれ「前菜、肉、魚、デザート」とペアリングされている。

提供される日本酒のほとんどは、よく契約を取り付けたと思うような有名銘柄だった。ただ、メインの肉料理と合わせる予定の、宍倉酒造《ししくらしゅぞう》の『若獅子《わかじし》』だけは、「主力」というには力が欠けているように思えた。

この酒は、実家の篠田酒造が出している人気銘柄『志乃田』の劣化《れっか》コピー版と一部では呼ばれている。

「ただ、メインの肉料理に合わせる日本酒が、ちょっと難航《なんこう》してるの」

まるで千秋の心を読んだかのように、梨花が難しい顔で言うと、同じく難しい顔で尚吾が口を開いた。

「その件ですけど、ピエールはやはり、宍倉酒造の『若獅子』ではインパクトに欠けるので、篠田酒造の『志乃田』が欲しいと言っているようです」

懐かしい名前が他人の口から出て、千秋の心臓はどくりと音を立てた。

まさか、自分に何とかしろとでも言うつもりなのだろうか。

「『志乃田』は難しいと思うわ。何度足を運んでも、今以上に作る気がないからって、話も聞いてもらえない」

眉を八の字にして、梨花がペンでトントンと机を叩いた。

「どうせなら、篠田さんが『篠田酒造』の御曹司《おんぞうし》とかだったら、話が早かったのに～」

三田が嫌みっぽくそう言い、西門が「そうだっていうなら、異動も納得するけどな」と小馬鹿にしたように鼻で笑う。

二人のやりとりを聞く限り、実家のことが知られているわけではなさそうだ。ならば、あえて自分から藪《やぶ》をつつくような真似はするまいと、千秋は二人の言葉を黙殺《もくさつ》する。

「あのね。団結する気がない人間は、うちのチームにはいらないから。くだらないこと言ってないで、進捗を報告して」

梨花の叱責《しっせき》に、西門と三田が首を竦める。

その後は、無駄口《むだぐち》を叩く者もなく、淡々と進捗の報告が行われた。

「それじゃ、最優先は肉料理とペアリングする日本酒ね。篠田酒造は引き続き私と西門くんが担当します。西門くんは篠田酒造にアポ取って。もう少し粘《ねば》ってみましょう」

梨花の指示を聞いて、千秋は内心胸をなで下ろした。

取りあえず、実家に行かなければならない事態は避けられそうだ。

「三田さんと長谷川さんは、引き続き夏メニューの日本酒集め。吉川くんにはペアリング以外で店に置く銘柄の選定をお願いしてるけど、それと平行して、篠田くんと一緒に、肉料理に合いそうな日本酒を、もう一度洗い直して」

梨花は「以上、解散」と言い、席を立った。

三々五々《さんさんごご》、仕事に取りかかる面々を見ながら、千秋は営業部の慌ただしさに閉口《へいこう》していた。総務部とは時間の流れが倍くらい違う気がする。

「篠田さん、これ、日本酒のファイルです」

最終候補に残らなかったもの、最終候補には入っていたが、酒蔵から色よい返事がもらえなかったもの、それ以外に、尚吾がいいと思っているもの。

　資料を並べながら、尚吾は『若獅子』に絞り込まれた流れを分かりやすく説明してくれた。

「つまり、シェフは『志乃田』に似ている『若獅子』に一旦は納得したけれど、ここにきて文句《もんく》を言い出したってことでしょうか」

「はい。篠田酒造とは契約の話し合いすらできなかったので、代替案《だいたいあん》をいくつか出したところ、『志乃田』に一番似ている『若獅子』が選ばれたんです。でも……ピエール曰《いわ》く、『インスピレーションが湧かない酒』なんだとかで」

「宍倉酒造はこのことを知っているんですか？」

「知りません。提供方法は限定せずに、とりあえず、数を確保してもらってます」

「じゃあ、『若獅子』が料理とのペアリングから外れても、問題はないんですね？」

「はい。……っていうか、篠田さん、何でさっきから敬語なんですか？　何だか壁を感じて寂しいので、元に戻ってください」

　仕事モードの真剣な顔を少し情けなく崩して、尚吾が千秋を見る。

「今は吉川さんの方が先輩ですので」

　淡々と返し、千秋は並べられた資料を見ながらメモを取っていく。

　ここに名前が挙がっていない『志乃田』と張る日本酒がいくつか頭に思い浮かび、それもメモしておく。

「仕事を教えてるだけで、篠田さんが先輩だっていうことには変わりないじゃないですか。落ち着かないので、本当にやめてください」

「そういう訳には……」

「やめてくれないと、キスしますよ」

唐突《とうとつ》に昨夜を思い出させるようなことを言われ、千秋は硬直した。

二人の間に奇妙な沈黙が漂う。

「……その、すみません。ええと……ケガ、大丈夫ですか？」

前触れもなく、右の肩に触れられた途端、昨夜の記憶が脳裏に蘇《よみがえ》った。

この手に抱き寄せられ、熱くなった雄を突き入れられて揺さぶられ、甘い声を上げていた、情けない自分の姿が。

咄嗟に尚吾の手を払いのけ、千秋は右肩を庇《かば》う。

「……昨夜のこと、篠田さん、どのくらい覚えてますか？」

しばらく驚きに固まった後に、歯切れ悪く、尚吾が切り出した。

ここで昨夜のことを持ち出して、何を話そうというのだろう。

空気の読めない男にイライラする。

「助けてもらったことは、感謝してる。それから、あんなことして、悪かった。飲み過ぎて、まともな思考じゃなかった。犬に噛まれたと思って、忘れてくれ」

「でも……」

「でも、じゃなくて。これ以上話したくないって言ってるんだ」

苛立ちを隠さず声を荒げた千秋に、何か言おうとしていた尚吾は、口をつぐんだ。

「……分かりました」

数分が数十分にも感じられるような沈黙の後、尚吾はいつもの人のよさそうな笑みを浮かべた。

「じゃあ、仕事に取りかかりましょうか。まずは、銘柄の洗い直しからですね。ここに名前が挙がっている以外で、まずは、『志乃田』に似た感じのヤツを探しましょう」

何事もなかったかのように振る舞う尚吾に、千秋はようやく緊張を解いた。

まさかこんなことになるとは、思ってもみなかった。昨夜の自分を絞め殺してやりたい。

無性にタバコが吸いたくてたまらず、千秋はイライラと親指の爪を噛んだ。


営業部に異動になって初めての金曜日、千秋は一刻も早く帰ってベッドに倒れ込みたい誘惑に何とか打ち勝ち、新宿の大型書店に足を運んだ。

この数日、尚吾について営業の仕事を教わり、何とか仕事の概要は掴めてきた。

未だに愛想笑いだけは慣れず、頬が筋肉痛になりそうだったが、それでも、思っていたよりは、営業は合わない仕事ではなさそうだった。

問題は、その仕事の「中身」の方だ。

造り酒屋に生まれ、大きな声では言えないが成人よりずっと前から酒の味を覚え、舌を父親に褒められたこともある千秋は、当然、日本酒の知識に自信があった。

だが、実家を出て七年、千秋が日本酒から目を背け続けていた間に、日本酒業界は驚くほど様変《さまが》わりしていた。

有名な蔵の廃業《はいぎょう》、新しい蔵の興隆《こうりゅう》。かつては入手困難だった銘柄が、過剰供給によって「どこにでもある酒」と評価を落とし、知らない酒が酒屋の一番いい場所に飾られている。

後からプロジェクトに加わったとはいえ、自信がある分野で話についていけないのは、さすがに悔しい。

せめてここ最近の傾向だけでも勉強しなければと、千秋は疲れた身体に鞭打《むちう》って、書店に足を運んだのだった。

わざわざ新宿まで出たのは、予習している姿を見られたくない気持ちが大きい。

金曜日の夜とあってか、書店の中は思っていたよりも混み合っている。

人々の間をすり抜け、千秋はそこそこの広さがある「酒」コーナーへ向かう。

何冊か興味を引かれた本を手に取ってみて、どれを買っていこうか吟味《ぎんみ》していると、不意にポケットの携帯が振動した。

「今何してます?」という尚吾からの短いメールに、千秋は少しだけ眉根を寄せて、携帯をポケットに戻した。

返事をするつもりなどない。

仕事上、仕方なく連絡先は交換しているが、既に退勤した今はプライベートの時間だ。

気になった日本酒関連本を数冊買うことに決め、千秋はレジに向かった。

腕時計を見ると、時刻は八時を過ぎたばかりだった。

せっかく新宿まで来たのだし、久しぶりにママのバーへ顔を出そうか。

それとも、昨夜ネットで調べた、色々な日本酒が揃っている居酒屋に行ってみようか。

会計を済ませ、本を受け取ると、ポケットの携帯が再び振動を始める。

また尚吾だろうか。携帯を見るとやはり尚吾からのメールで、「後ろ見て」とある。つられて後ろを振り向いた千秋は、そこにひらひらと手を振る尚吾を見付け、固まった。

「ひどいなぁ、篠田さん。メール無視するんだもん」

尚吾はキラキラした笑顔で近付いてくる。

今日は外回りで直帰《ちょっき》だったはず。つまり、ついさっきまで仕事をしていただろうに、尚吾の立ち姿はどこにも疲れた様子がない。ぱりっとしたスーツ姿の男は、会社の中にいる時以上に、周囲の視線を集めている。

こんなに注目されているのに何故気付かなかったのだろうかと、千秋は歯噛みした。

最初のメールを送ってきた時から、尚吾はどこかで千秋を見ていたに違いない。メールを無視した時点で、察してくれればいいのに。

「そういう、露骨に嫌そうな顔されると、さすがに傷つくんですが……」

「何か用？」

「篠田さんって、仕事以外で声かけると絶対それ言いますよね。俺、結構ポジティブなんですけど、たまに心折《こころお》れそうになります」

本気なのか冗談なのか分からないことを言いながら寂しそうな笑顔を浮かべる。

心が折れて、話しかけてこなくなればいいのにと、千秋は心の中で思う。

「こんなところで鉢合わせるとは思いませんでした。勉強熱心なんですね」

「嫌みか?」

日本酒関連の本を買っているところを見られた。その気恥ずかしさと不快さで、むすっとしながら千秋は呟く。

「まさか! 篠田さんを見習わなくちゃと思って本屋に寄ったんで、何だか嬉しいです」

「何だよ、見習うって」

「正直、悔しかったんですよね。篠田さん、異動してきたばかりなのに、営業の仕事はさっさと覚えちゃうし、日本酒にはやたら詳しいし。だから、俺も負けてられないなって」

尚吾は紙袋を持ちあげて見せる。

中に日本酒関連の本が数冊入っているのが、ちらりと見えた。

「……詳しいってほどでもない。父親の影響で、ちょっと知ってただけだから」

「謙遜《けんそん》しないでくださいよ。来て早々、チームの誰も知らなかった銘柄を次々と出されるとは思わなくて、みんな目が点になってたじゃないですか。事前に打ち合わせてた俺でも、篠田さんはすごいなーって、ちょっと鳥肌立《とりはだた》ちましたよ」

昨日のミーティングで、『若獅子』の代わりになりそうな銘柄を挙げた時、確かにみんな「予想外」と言いたげな顔をしていた。

だが、実家が酒蔵ならば知っていて当然のことを話したまでで、褒められるほどのことではない。事実、ミーティングの席で挙げた酒が既に廃業した蔵のものだったりして、恥ずかしい思いもしたからこそ、こうして書店に足を運んでいる。

「篠田さん、この後時間ありますか？」

腕時計にちらりと目をやって、尚吾が言った。

「近くに珍しい日本酒を揃えた居酒屋があるんですけど、行きませんか？」

時間はないと言いかけて、千秋は口をつぐむ。

尚吾と飲みに行くのは嬉しくないが、珍しい日本酒には興味がある。

「……何て店？」

「ええと……あ、これです。『居酒屋乃々村《ののむら》』」

身体を寄せて携帯の画面を見せられ、千秋はどきりとして少しだけ身を引いた。

尚吾はそんな千秋の反応には気付かなかったようで、料理の何がおいしくて、どんな酒があるのか熱心に説明を続けている。

その店は、ちょうど千秋が、行こうか迷っていた店だ。

仕事の一環と割り切って店に行くか、店には行かずに心の安寧《あんねい》を取るか。

しばらく悩んだが、やはり私情で仕事を疎《おろそ》かにはできない。

「……じゃあ、一時間だけ」

「本当ですか？　わー、諦めずに誘ってみるもんですね」

尚吾の表情がぱあっと明るくなったかと思うと、早速店に電話を掛け、席があるかを聞いている。

「カウンターならいけますって」

席を押さえると、千秋の本が入った紙袋を奪い取って、尚吾は「こっちです」と先に立って歩き出した。

「おい、自分で持てる」

「分かってますよ。持ってあげてるんじゃなくて、篠田さんの気が変わったら嫌だから、これは人質」

にこりと笑った顔に、ほんの少し、身体を重ねたときの意地悪な尚吾が透けて見える。

とっさに返す言葉が思いつかず、千秋は渋々尚吾の背中を追った。


新宿のガード下近くにある『居酒屋乃々村』は、仕事帰りのサラリーマン達で混み合っていた。

店内はまさしく一杯飲み屋という風情で、壁にべたべたと貼り付けられたお品書きは、ところどころが煤《すす》けて黄ばんでいる。

出される料理はどれも確かにうまく、日本酒の品揃えも思わず唸《うな》ってしまうほどなのだが、女性客が入りにくそうな印象だった。

尚吾はこの店に何度か来たことがあるらしく、慣れた様子で何品かお勧めを頼み、つらつらと名前だけが連《つら》なっている日本酒メニューの中から、会議で名前が上がった酒を頼んでいる。

料理は尚吾に任せ、千秋はお目当ての酒を注文した。

日本酒が出てくると、まず香りを楽しみ、それから少しだけ口に含んで、感じたことをメモしていく。

少しだけのつもりが、いつの間にかメモを取るのに夢中になっていた千秋は、ふと我に返った。飲みたい日本酒が次々と出てきたせいで、つい頭が仕事モードになってしまったが、尚吾と一緒に来たことを今更ながらに思い出したのだ。

妙に静かな隣にそっと目をやると、カウンターに頬杖《ほおづえ》をついて、柔らかい目で自分を見つめている尚吾と目が合った。

「メモ、もういいんですか？」

「……ああ」

「篠田さんの仕事中って感じの顔、いいですよね。こう……きりっとしてて」

「……何だ、それ」

脈絡《みゃくらく》なく褒められ、どう反応していいか分からない。千秋は決まり悪く、箸を取った。

「これ、すだちかけるとうまいですよ」

炙《あぶ》られた鶏の皮に大根おろしが添えられた一品に箸を伸ばすと、尚吾がそう言って別皿のすだちをすすめてくる。

「すだち、好きじゃないから」

目を眇《すが》めて断ると、尚吾が「えっ」と声を上げた。

「じゃ、サンマにすだちかけないの？」

「かけない」

そもそも、骨が多くて内臓が苦いサンマ自体をあまり食べないのだが、それを言うと面倒なことになりそうなので、それは黙っておくことにした。

「篠田さんって好き嫌い多いですよね。夕飯、ちゃんと食べてます？」

尚吾が自分の小鉢にすだちを回しかけながら、口うるさい母親のようなことを言い出す。

「食べてるよ」

ムッとしながら、千秋は鶏皮を口に放り込んだ。とろけるような食感とうまみの強い塩の味がとてもよく合う。これには、あの酒がいい。

カウンター越しに酒を注文し、鶏皮と共に飲んでみると、やはり、きりっとした辛みが、鳥の脂《あぶら》とよく合う。

「ちょっ、篠田さん、一人で楽しんでないで、俺にも教えてくださいよ。その酒、鶏皮に合うんですか？」

よほど気持ちが顔に出ていたのか、隣で尚吾が不満気な声を上げる。

横からコップを奪い取られそうになって、千秋は舌打ちをしてその手をつねった。

「いてっ」

「子供みたいなことするからだろ」

「だって」

「吉川のは、すだちがかかっているから、こっちのが合う」

ややマイルドな物を勧める。

えー、と不満そうに勧められた酒を、鶏皮と共に口にして、尚吾は目を丸くした。

「何これ、めちゃ合います！」

素直に目を輝かせている尚吾を見て、千秋は少し得意になった。

勧めたものを喜ばれて、悪い気はしない。

「じゃ、これは？　この料理に合う酒って、どれですか？」

「それは淡泊な味だから、吟醸《ぎんじょう》系がいい。『初春』とか」

聞かれるまま、千秋はその料理に合いそうな酒を挙げていく。

途中で、千秋の知識に感心した大将や周囲の客からも声を掛けられ、二人飲みのはずがいつの間にか大所帯《おおじょたい》になり、久々に楽しくなって、気付けば飲み過ぎてしまっていた。

「篠田さん、大丈夫ですか？　まっすぐ歩けてないですよ」

後ろから声を掛けられて、千秋は「ん」と返事をした。

身体がゆらゆら揺れている。ただ歩いているだけなのに、かくりと足の力が抜け、千秋はへたり込んだ。ぐるぐる回る頭で、いつ店を出たのだったか、と考える。

そもそも、ここはどこで、何をしようとしていたのか、よく思い出せない。

「ほら、全然大丈夫じゃないじゃないですか」

この男は、連れだっただろうか。

どこか、見覚えがある気がする。

誰だったか思い出そうとしているうちに、だんだん気分が悪くなってきて、千秋は胸を押さえながら蹲った。

「立てますか？」

背中を優しく撫でながら、男が聞いてくる。

「きもち、わるい」

弱々しい声で答えて縋ると、男が一瞬息を呑むのが分かった。

男の胸元から、甘いような、日なたのような、どこかホッとする匂いがする。

「タクシー、乗れそうですか？」

聞かれて、千秋は首を横に振る。

困ったな、と男が小さく呟くのが聞こえた。

「……横に、なりたい」

誰だかよく思い出せないが、きっと千秋か、この男か、どちらかが誘ったに違いない。

そう決めつけると、千秋はぐらぐらする頭を上げた。

視線の先に、見覚えのある、ホテルの青いネオンが見える。

「あそこ。行こ」

指さすと、男は動揺を見せた。

セックスをするつもりで付いてきたのだろうに。今更狼狽える男がおかしくて、思わずクスリと笑ってしまう。

「……家まで送りますよ」

「無理。すぐに、休みたい」

子供のように駄々《だだ》をこねると、男は長い逡巡の後、はあっとため息をついた。

「……あそこまで、歩けますか？」

聞かれて、千秋はよろめきながら立ち上がる。

男の腕に支えられながら何とかホテルまでたどり着き、部屋に入ると、千秋はベッドに身体を横たえた。

「水、飲んでください」

冷蔵庫から取り出したミネラルウォーターを男が飲ませてくれる。

以前にも、同じように水を飲まされたことがある気がして、千秋は酔いに潤む目を瞬かせた。けれど、ちっとも働かない頭では、それがいつのことだったか思い出せない。

水分を摂ったおかげか、次第に気分の悪さは遠のいていった。

代わりに、覚えのある熱が身体の中で燻《くすぶ》り始める。

零した吐息は、自分でもそうと分かるほど悩ましげな響きをしていた。

「シャワー、先に使って」

眼鏡を取り、急かすように呟く。

意外にも、男は「え？」と上擦った声を出した。

思わぬ反応に、頭を少しだけ上げて男を見る。

「シャワー浴びないで、したいの？」

匂いに興奮するというフェティシズムを持った男は、たまにいる。この男も、そういう類《たぐ》いなのだろうか。

千秋は手を伸ばして男のネクタイを指に絡めた。クッと引くと、弱い力なのにも拘《かか》わらず、男はバランスを崩して千秋に覆い被さってくる。

「じゃあ、俺も、浴びない方がいい？」

「あの、俺、そんなつもりじゃ」

口ごもりながら否定する男がおかしくて、千秋はクスッと笑う。

「……そのつもりで、誘ったんじゃないの？ こんなになるまで飲ませたの、あんたでしょ……」

聞くと、男は黙った。

今更、酔いつぶして持ち帰るというベタな行為が恥ずかしくなったのだろうか。

覆い被さったまま動かない男がじれったくて堪らなくなり、千秋はその背に腕を回して抱きついた。

「もう大丈夫だから、しよ……」

乾いた唇をぺろりと舐め、千秋は誘いかけた。

膝を使い、男の下肢をやわやわと刺激する。

「キスは無し、挿れる時は後ろから。それ以外は、何してもいいよ……」

男の耳に唇を押しつけ囁くと、男の体温がふわりと上がるのが分かった。

「これで、して」

もう一押しとばかりにわざと甘えた声を出し、膝頭で強めに擦ると、スラックスに隠れたままの雄《みなぎ》が、ぐっと力を漲らせたのが分かった。

「っ……、さっきから、俺が誰か、ちゃんと分かって言ってるんですか?」

「……わかって、る」

とりあえずそう答えてみるが、本当は男が誰かどころか、どうして今ここにいるのかも、よく思い出せない。

どこかで会ったことがあるのだろうか。それとも、寝たことがある?

途中まで考えて、千秋は考えることをやめた。

相手が誰だったかなんて、どうでもいい。

ただ、どうしようもなく疼いている身体の熱を、発散したくて堪らなかった。

「誘ったの、篠田さんですよ。後で『忘れてくれ』って言っても、もうダメですからね」

「……?　うん」

何を言われているのかよく分からぬまま、千秋はこくりと頷いた。

「……っ、っていうか、無理。そんな可愛い顔もできるとか、反則だろっ……」

男は突然そう呻《うめ》くと、千秋の目尻や頬にキスを降らせた。

千秋は手を伸ばして男のシャツのボタンを外し始めた。けれども、酔いのせいか、指がうまく動かない。もたもたしていると、男は自分でネクタイを取り、シャツを脱いだ。

さらに、千秋のシャツをスーツの上着ごと脱がせ、スラックスを乱す。

「もう、こんなにしてるの？」

硬くなった茎を下着から取り出され、蜜に濡れた鈴口を親指でなぞられる。

たったそれだけで、下肢に溜まった熱が溢れそうになった。

いつもは刺激を与えられないと反応しないのに、どうしてもうそんなになっているのだろう。

ぼんやりとそう思ったが、与えられる快感に、すぐにどうでも良くなってしまう。

男は茎から手を離すと、千秋の足からスラックスと下着を取り去った。

自身も下を脱ぎ、お互いに隔《へだ》てるものが何もない状態になる。

目の前の男の裸に妙に興奮した。体中が熱くて、疼《うず》く。千秋はふらふらと身体を起こすと、ベッドサイドの小物入れを探っている男に背後から抱きついた。

「はやく」

甘えるようにねだり、広い背中にキスをする。

「……っ、そうやって甘えるの、ダメですって、本当」

男は振り向くと、千秋を膝に乗せ、後ろから抱き込んできた。

前に伸びてきた手が千秋の茎を掴み、ゆっくりと愛撫を始める。

「……んっ、ん」

双玉を揉み込み、鈴口を軽く抉《えぐ》り、蜜で濡れた指が強弱をつけて茎を扱く。

快感がさざ波のように襲ってきて、千秋は思わず膝を閉じた。

アルコールのせいか、いつもよりも終わりが来るのが早い。

「……いっ、イく……」

声を震わせて訴えると、耳元で「もう少し我慢」と囁かれる。

そう言った癖に、男は千秋の膝に手をかけ、それを大きく割り開こうとしてきた。

「だっ、だめ、それされたらっ……」

「足、ちゃんと開いてください」

閉じようとする足をまた開かされたと思ったその時、ぬめりを纏った男の指が千秋の後口に潜り込んできた。

「あっ……ぅ」

中を探られるのは、たまらなく気持ちが良かった。しかも、何故か千秋の好きな場所をよく知っている。

「ん、は、……あっ」

空気を求めて顔を仰向けた瞬間、前立腺を強く刺激された。

頭の中が真っ白になる。

千秋は声にならない悲鳴を上げた。

中にある指をぎゅうっと締め付けて、前から白濁を溢れさせる。

千秋を抱き締めていた男が、まだイッている途中の身体をベッドに押しつけ、腰を持ちあげる。

ひたりと蕾に熱い固まりを押し当てられて、千秋は整わない息の中、「待って」と懇願した。

「ま、まだ、イッてるから、今、しないで……」

後ろ手に男の身体を押し返そうとする。けれど……。

「すみません、そうしてあげたいけど、無理……。少しだけ、我慢してください」

男は千秋の背中を宥《なだ》めるように撫でると、容赦なく雄を蕾に突き入れた。

「……っ、ひっ」

性急に押し込まれた長くて硬いそれで奥を突かれ、イッたばかりの茎からまた白濁が零れた。

千秋は背中を反らし、シーツをぎゅっと掴む。

男の熱が、千秋の快感を誘うように、身体の中をかき回す。

ひくっと喉を引きつらせながら、千秋は涙の浮かぶ目を閉じた。

――千秋、千秋っ……。

切羽詰まった声で自分を呼んだ、懐かしい「彼」の声を思い出す。

ぐっと身体に力が入って、内壁が中の「彼」を締め付けるのが分かった。

息を詰めた「彼」が覆い被さってきて、うなじを軽く噛んでくる。

シーツを掴んでいた手を上から握られ、千秋は手のひらを返した。

指を絡めるように握り直され、それに力が込められる。

覆い被さってきた「彼」が、全てを千秋の中に納めたまま、腰をグラインドさせる。

「……っう、りょう……」

呟くと、背後の男は驚いたように一瞬動きを止めた。

「やめないで、もっと、して……」

繋いだ手に頬ずりすると、「彼」は千秋の頭をそっと撫で、また動き始めた。

激しかったそれまでとは違い、どこか千秋を気遣うような動きに、何故か涙が止まらなくなる。

やわやわと中を擦られ、時々止まってはまた突き上げられるのを繰り返されるうちに、千秋は腰ががくがくと震えるのを止められなくなった。

こわい、こわいと小さな声で訴えると、「大丈夫」と優しい声が慰めてくれる。でも、動くのはやめてくれない。

気持ちいいの、好きでしょう？　聞かれて、千秋は頷く。好きだ。気持ちがいいのも、大好きな人に抱かれることも。思いが溢れ、止められなくなる。

「すき……。好き、亮……すき」

そう言った瞬間、身体の奥深くまで入り込んできた雄が、千秋の一番いいところを抉った。

目の前がチカチカして、意識を保っていられなくなる。

「……あっ、う」

身体を震わせた男が脱力してのし掛かってくるのを感じながら、千秋は意識を飛ばした。

空からひらひらと舞い落ちてくる雪の欠片《かけら》が、千秋の肩を冷たく濡らして消えてゆく。
寒くて、冷たくて、心細かった。
——亮？　どこにいる？　亮！
雪野原を見渡しながら、千秋は「彼」を呼んだ。
いつも傍にいたのに、どこにもいない。
不安がこみ上げてきて、千秋はいてもたってもいられなくなった。
堪らずに走り出し、何度も、声を限りに「彼」を呼ぶ。
——……千秋。
ふいに真後ろから声をかけられて、千秋は振り向いた。
少し目尻の垂れた、愛しい男の顔に、ほっと肩から力が抜ける。
——どこにいたんだよ！　俺、ずっと探して……。
言いかけて、千秋は口をつぐんだ。
強ばった顔で俯いている亮の後ろに、真っ赤な傘を差した妹が立っていた。
——千春《ちはる》？
どうしてこんなところに、と聞く前に、妹は幸せそうな顔で、亮の腕に抱きついた。
——赤ちゃん、できたの。三ヶ月だって。
妹はそっと自身のお腹に手を当てる。

——行こ、亮くん。

妹に腕を引っ張られ、亮は千秋に背を向けた。

——……亮?

——ごめん、千秋。本当に、ごめん。……さよなら。

千秋を置いて、亮と妹はどんどん歩いて行ってしまう。

妹の赤い傘が、吹雪《ふぶき》に紛れて、視界から消えていく。

——……何で? 何でだよ? 俺たち、何の問題もなかっただろ……? 俺のこと、好きって、言ってくれただろ?!

遠くなっていく背中は振り向いてくれなかった。

——亮!


叫びながら、千秋はベッドの上に飛び起きた。

全力疾走した後のように息が上がり、汗がこめかみを伝う。

(……夢)

すぐに現実を受け入れることができず、千秋は周囲を見回した。室内は薄暗く、部屋の隅に置かれたライトだけがぼんやりと室内を照らしていた。

よく利用している、ホテルの部屋だ。

そういえば、昨夜は酔って、男とホテルへ入ったのだった。

ようやく状況を理解すると、千秋は深いため息をついて、まだ小刻みに震えている手を握り合わせた。未だに立ち直れていない自分に気付かされて、絶望的な気持ちになる。

滲んだ涙を拭っていると、ふいに隣で何かが動いて、千秋は身体を強ばらせた。

「泣いてるんですか？」

背後から抱き寄せられ、耳に口づけられる。面倒臭い、と千秋は思った。酔いも衝動も過ぎ去った今、一夜だけの男に構われたくはなかった。

「泣いてない」

硬い口調で返し、絡みついてきた男の腕をやんわりと解こうとする。

「……酔い、醒めました？　もうすっかり、いつもの篠田さんですね。そういう愛想のない態度も、可愛いですけど」

聞き覚えのある声で甘ったるく囁かれて、千秋は思わず背後の男に目をやった。

よく知っている、少し目尻の垂れた優しそうな目が、千秋を見てにこりと笑った。

「……よ、吉川……？」

予想外のことに、声が上擦る。

「な、何で吉川が、ここに……」

「もしかして、覚えてない？」

表情を曇らせて身を起こした尚吾の、不安混じりの問いかけに、千秋は黙り込む。

視線をうろうろ彷徨《さまよ》わせていると、尚吾は肩を落としてため息をついた。

「いつも、そんななんですか？　……記憶にあるの、どこからです？」

千秋は昨夜のことを思い返してみた。

会社帰りに本屋へ行って、日本酒の本を買った。そこで尚吾に会い、一緒に居酒屋へ行った。そこで酒を飲んで……。それから、どうしたんだろう。

「……居酒屋、行ったとこまで」

「……。俺、篠田さんのこと、本気で心配です」

尚吾は寝癖の付いた髪をぐしゃぐしゃとかき乱した。

ボクサーパンツだけを穿いた姿でベッドから下り、尚吾は冷蔵庫から口の開いたミネラルウォーターを取り出した。一気に半分ほど飲み干してから、新しい物を取り出し、千秋に手渡してくれる。

「ホテルに行きたいって言ったのも、覚えてないんですか？　俺のこと誘ったのも？」

尚吾はどかっとベッドに座り、その重みでスプリングが軋む。

どうやら、自分は尚吾をナンパしてきた男だと思い込み、ホテルへ誘ってしまった、ということらしい。

だが、それでどうして責められなければならないのだろうか。身体に残る違和感から察するに、結局尚吾も楽しんだのだし、覚えていないからと言って責められる謂《いわ》れはない。釈然《しゃくぜん》とせず、千秋は胡乱《うろん》な眼差しを隣の男に向けた。

「そういう吉川は、意識はっきりしてたのか？　で、俺が酔ってグダグダになってるって分かってて、寝たの？」

「俺が誰か分かってるんですかって聞いたら、分かってるって言ったじゃないですか！」

「そんなの、酔っ払いが『酔ってない』って言うのと同じだろ！」

「お、俺は、篠田さんが俺だって分かってて、誘ってるって思ったんです！」

「誘われても断れよ、一度目の失敗、覚えてないのかよ！」

「何で俺が悪者なんですか、誘ったの、篠田さんでしょ！　それに、あんな可愛い顔見せられて、断れるわけない……」

尚吾はひどく真剣な顔をしている。

急に居心地が悪くなって、千秋は目を逸らした。

「シャワー、浴びてくる」

尚吾の視線から逃れるようにして立ち上がった千秋は、次の瞬間、彼に手首を掴まれて、ベッドに引き戻された。

「逃げないでください」

尚吾の声は、さっきまでとは違って、少し硬い。強引に引き留めたくせに、尚吾はなかなか口を開かなかった。

「……何？」

痺れを切らして問いかけると、尚吾は心を決めたかのようにゆっくりと一つ瞬きをした。

「篠田さん、『りょう』って、誰ですか」

思ってもみなかった名前が尚吾の口から出て、千秋は固まった。

「……エッチの途中で、名前呼んでました。起きる前にも、泣きながら『りょう』って。もし……、その『りょう』って人のことが好きなんだったら、誰かも覚えていられない状態で男と寝たらダメですよ」

優しく諭すように言う尚吾を、千秋はまじまじと見つめた。

何も知らないくせに、何の権利があってそんなことを言うのだろうと、胸の奥が冷たくなっていく。

「こういうことは、やっぱり、好きな人とした方がいいって、思います」

「……好きな人？」

低い声で呟くと、尚吾がハッとした顔になった。

その無垢《むく》な色をした目を、千秋は睨み付ける。

「お前だって、好きだから俺のこと抱いたわけじゃないだろ？」

千秋は尚吾の手を振り払おうとした。だが、尚吾はがっちり千秋の手首を捕らえていて、手の力は緩む気配がない。

「説教は、もういい。俺が誰と寝ようが、お前には関係ない」

きっぱり言うと、尚吾が少し悲しそうな顔になった。

「関係あります。俺はどうでもいい相手とは、こういうことしませんから」

まっすぐな言葉に、千秋はひるんだ。

尚吾が何を言いたいのか分からない。いや、分かるような気もするが、分かりたくない。

顔を逸らすと、顎に手をかけられて、やや強引に目を合わせられた。

「一度目はもらい事故みたいなものでしたけど、今日は、あなたを抱きたいと思ったから抱きました。あなたを、好きだと思ったから」

尚吾の声からも表情からも、その場しのぎの嘘や冗談で言ったわけではないと分かる。

この男にこんな風に告白されたら、その気が無くてもころっと落ちてしまう女性は多いに違いない。

だが、千秋は嬉しいと思えなかった。

たかだか二回寝ただけで、何故自分のことを好きだと言えるのだろう。

「『りょう』さんが好きなら、俺にはチャンスなんてないかもしれないですけど……考えてもらえませんか」

千秋は唇を歪ませると、顎にかけられた尚吾の手を振り払った。

「考えるって、何を？　つい最近まで『君島さんに振られた』って落ち込んでいた奴に好きだなんて言われて、信じる馬鹿がどこにいるんだよ」

尚吾の言葉を遮って、千秋は冷たく切り返す。

「君島さんとは、最初からお願いして付き合ってもらっているような関係だったし、振られる予感はしてたんです。だから、落ち込みましたけど、未練はありません」

「へえ、ずいぶん簡単にふっ切れるんだな。いつもそんな感じなのか？」

「まあ、あまり引きずらないタイプかも、しれません」

「……お前の『好き』って、軽いんだな」

馬鹿にしたように言うと、さすがに尚吾もムッとしたのが分かった。

「早く気持ちを切り替えられるからって、気持ちが軽いわけじゃないと思いますけど」

まだ好きなのにさよならを言われて、どうしてすぐに気持ちを切り替えられるのだろう。千秋にはよく分からなかった。

本当に「好き」だったら、忘れられないはずだ。

「初めて男とヤッて、身体にハマっただけだろ。そうじゃなければ、振られて寂しい時に、たままそういう関係になって、情が湧いただけだ」

掴まれていた左手に、ぐっと力が入る。

「絶対にそうじゃないなんて、言えないですけど。でも、俺、同性相手にこんな気持ちになったの、初めてなんです。ちょっとしたことで拗ねたり、お酒が入ると甘えてきたり、そうかと思えば、一人で寂しそうにしてたり……。仕事ができる普段とのギャップが可愛いって思ってしまって、気付けば最近は、あなたのことばかり考えてる。お試しでもいいから、俺と恋愛すること、考えてみてもらえませんか」

千秋の指がぴくりと反応する。

「……恋愛？」

尚吾の一言に、失笑してしまう。

「男と男の間に、恋愛なんて存在しない。あるのは動物的な欲だけだ」

昔は千秋も「愛」というものを信じて疑っていなかった。

けれど、もう信じられない。

「……篠田さん」

名前を呼ばれたと思った次の瞬間、千秋は尚吾の胸に抱き締められていた。

背中に回った腕にぎゅうっと力が入り、後頭部のまるみを、慰めるように撫でられる。

尚吾の手は優しかったけれど、どこか気の毒がられているような感じがして、不愉快だった。手を突いて広い胸を押しやると、尚吾はあっさり手の力を緩めた。

「他の男も抱いてみたらどうだ？　そうしたら、別に俺が特別じゃないって分かるよ」

千秋は尚吾の反応は見ずに、バスルームへ向かった。

熱いシャワーを頭から浴び、ボトルを空にする勢いで、身体中にボディーソープを塗りたくる。

身体に残った尚吾の匂いを、少しでも早く洗い流したかった。

そうしながら、本当に、自分は馬鹿だと千秋は思った。

どうして酔いが醒めるまで、尚吾だと気付かなかったのだろう。

酒での過《あやま》ちを悔いたのは、まだほんの一週間前のことなのに。今夜の失敗がなければ、尚吾があんなおかしなことを言い出すこともなかっただろうと思うと、尚更今夜のことが悔やまれた。

ため息をつきながら、千秋はシャワーを止めた。

（……全部、俺が悪い）

尚吾があんなことを言い出したのも、元はと言えば自分が悪戯心を出して誘ったせいだ。

鬱々《うつうつ》とした気持ちで、千秋は唇を噛んだ。


「何なの、お前。ストーカーなの?」

苛々《いらいら》しながら千秋はタバコをくわえた。こんな時に限ってライターの火はなかなかつかず、苛立ちが増す。

「やだな、ストーカーとか言わないでくださいよ。心配だから来てるんじゃないですか。酔って他の人についていって欲しくないし」

隣に勝手に座った尚吾は、しれっとそう口にして、にこりと笑みを浮かべた。

心地いいジャズが静かに流れるバーは、今夜も話相手や夜の相手を求める男性客で賑わっている。以前はマイノリティの自分を温かく受け入れてくれる、居心地のいい場所だった。

それが——。

こいつのせいで、台無しだ。千秋はにこにこしている尚吾を冷たく横目で睨み付け、紫煙《しえん》を吐くと、火をつけたばかりのタバコを灰皿でもみ消した。

「ママ、お会計して」

「あらあ、まだいいじゃない。尚吾くん、来たばかりなんだから」

「こいつが来たから帰るんだよ」

千秋は構わず財布を取り出した。

さすがに三回連続で、このバーに来た途端尚吾が現れるとなれば、どんなに馬鹿な人間でもママから連絡が行っているのだと気付くだろう。

「ちょとアキちゃん、来て」

ママはカウンターを回って出てくると、少し強引に千秋の腕を取った。

そのまま、店の隅に連れて行かれる。

「ねえ、何が不満なのよ。尚吾くん、いい男じゃないの。しかも、あんたの好みど真ん中でしょう?」

「ノンケはお断りだって」

露骨に顔をしかめ、余計なお節介を焼くママを軽く睨むと、「そんなこと言って、二回も寝ちゃったくせに」と痛いところを突かれる。

「それは……酔ってたから」

「アンタ、酔ってないときに持ち帰られたことないでしょ。そんなことより、見てみなさいよ」

有無《うむ》を言わせぬ勢いで頭をぐりっとフロアに向けられる。

「あの子。ほら、テーブル席の、ちょっと垢抜《あかぬ》けない感じの子、見て」

囁かれて、仕方なく目をやった先に、純朴そうな青年が一人、座っている。彼は手元のグラスをじっと見つめながら、時折気になってならないというそぶりで、カウンターをちらちら見ていた。

視線の先にいるのは、バーテンダーと楽しそうに話している尚吾だ。

休日の今日は、いつものスーツ姿ではなく、少しラフなジャケットを羽織っている。

無造作を装ってセットされているのであろう、栗色の髪。笑うと人懐っこく、黙っていると色気が漂う顔立ち。こうして客観的に見てみると、尚吾にはつい目で追ってしまうような華があった。

「アキちゃんはいつも隣にいるから見えてないでしょうけど、彼を見てる子、一人や二人じゃないの。ぼんやりしてると、他の男に盗られちゃうわよ」

言われて店内を見渡せば、確かに、尚吾を気にしている輩が幾人もいた。

だが、自分にはどうでもいいことだ。

「むしろ、他の子勧めてやってよ。あいつ、男とヤルのにハマっただけだと思うから」

欠片も動揺せずに返すと、ママはオーバーに顔を歪め、「信じられない」と呟いた。

「何よ、それ。そんなこと言うなら、あたしが喰っちゃうわよ！」

「ママ、タチだよね？」

「そうよ！　あんたがいらないなら、あたしが掘っちゃうんだから！　いいのっ？」

「好きにしたら」

千秋は財布から五千円札を抜き取ってママに押しつけた。

「ちょっと、アキちゃん！」

呼ばれても振り返らず、千秋はカウンターに置きっぱなしだったタバコとライターをポケットにねじ込んで、店を出た。

「篠田さん！」

追いかけてきた尚吾を無視して、大通り方面へ歩く。

「もう帰っちゃうんですか？　酒飲まないなら、どこか別の所行きません？」

「行かない」

素っ気なく答えてタクシーを止めようとすると、挙げた手を「待って」と取られた。

「離せ」

「バッティングセンターとか、どうですか」

「行かないって言ってるだろ」

「すぐ近くにあるんですよ」

尚吾は千秋の返事を無視して、手をぐいっと引いた。

「おい、いい加減にしろよ、怒るぞ」

「そう言いながら、本気では怒らないの、俺、知ってますよ」

少し声を荒げると、尚吾が立ち止まった。一歩間合いを詰められ、距離が妙に近くなって、千秋は逃げ腰になる。

居心地の悪さを覚え、落ち着きなく視線を彷徨わせていると、取られている手の甲に、音を立ててキスされた。

「おっ、お前、何やってっ……」

「そういう、本当は優しいところも、好きです。だから、篠田さんのこともっと知りたいし、俺のことも知って欲しいんです」

手の甲に唇を触れさせたまま、尚吾にそう囁かれて硬直していると、すれ違ったゲイのカップルが冷やかし混じりの口笛を吹いて通り過ぎた。

ハッと我に返り、千秋は慌てて尚吾に掴まれたままの手を引き抜こうとする。

「おい、離せって」

「このあと付き合ってくれるって約束してくれたら、離します」

何度か同じようなやりとりをした後、周囲の視線に居たたまれなくなって千秋が折れると、にっこりと笑いながら、尚吾がぱっと手を離した。

「よかった。じゃ、行きましょう。こっちです」

促されるまま、千秋は渋々尚吾の後を歩いた。

約束してしまった以上ここで背を向けて逃げるわけにもいかないが、何故休日にまで一緒に過ごさなければならないのかと、不満が燻る。

千秋の知る尚吾は、あくまでも紳士的で、相手の気持ちに寄り添っていくタイプだった。

問題があれば一緒に解決策を考え、決して頭ごなしの説教や一方的な批判をしない尚吾は、上からも下からも、もちろん同期からも好かれている。

それが、恋愛が絡むと、こうも積極的で強引になるとは。

仕事の時は一切色恋《いろこい》に触れないが、プライベートになった途端、思い出しただけで顔から火を吹きそうなほど甘ったるいことを言ってきたり、サプライズでプレゼントを渡されたりと、恥ずかしいアプローチの数々を、ここ数週間というもの、千秋は受け続けていた。

「篠田さん、やったことあります？」

バッティングセンターの受付でチケットを買い、尚吾が慣れた様子でバットを選ぶ。

「ない」

不機嫌さを隠さず、千秋は昭和の香りが漂う館内を見回した。

壁には有名人の写真とサイン色紙が所狭《ところせま》しと飾られていたが、その大半は、ここの歴史を物語るかのように、黄ばんでほこりを被っている。

この街に七年も通っていながら、こんな場所があることを、千秋は知らなかった。

バーに行った後はまっすぐ部屋に戻るか、男とホテルへ行くかしかしていなかったのだから、当然といえば当然のことなのだが。

「俺、中学高校と、野球部だったんです」

一つだけ空いていたボックスに入り、尚吾が腕を回す。

「へえ、丸坊主だったのか」

「違いますって。よく言われますけど、俺らの時代は、結構自由な髪型許されてましたから」

抗議しながら尚吾がバットを振る。剛速球はバットに当たらず、ネットに当たった。

「何だよ、俺らの時代って。二歳しか違わないだろ」

「結構大きいですよ、二歳って」

マシンから二球目が放たれる。球はまた当たらず、跳ね返って弾んでいく。

三球目、四球目と続けて空振りする尚吾に、千秋はニヤニヤ笑いが止められなくなる。

「野球部だったんじゃないのか？」

滲んできた汗を拭いながら振り返った尚吾が、何故か驚いたように目を見張った。

それから、じわじわと頬を緩ませて、何やら嬉しそうな顔になる。

「篠田さんの笑った顔、初めて見ました」

唐突にそう言われて、千秋は意識して表情を消した。

「そんなわけないだろ」

「いや、初めてですよ。普段、にこりともしないじゃないですか。あー、写真に撮っておけばよかった」

「ばっ、馬鹿なこと言ってないで、早く元野球部だって証拠を見せろよ」

「証拠って……。まあ、久々なんで、結構難しいですね」

尚吾は苦笑しながら、再びマシンに向き直った。

「言い訳すんな。次当たらなかったら、ペットボトル一本奢《おご》りな」

バットを振る瞬間にそう言ってやると、尚吾は「え～？」と声を上げた。見事に空振りして、情けない顔で千秋を見る。

「今のは無しですよね？」

「無しじゃないだろ。奢れ」

してやったり顔の千秋に、尚吾はバットを差し出してきた。

「フェアじゃないですよ。賭けるなら、打率で勝負しましょう！　負けた方が、一つ、何でも言うこと聞くとかどうです？」

「それこそフェアじゃないだろ。野球部だったお前に、勝てるわけない」

手でバットの先端を軽く払うと、尚吾はにやりと笑った。

「分かんないじゃないですか。俺、今まで一球も当たってないし。ビギナーズラックで、勝てるかもしれませんよ？」

実力では勝てないと言いたげな尚吾に、全然当たらないくせに、と心の中で毒づく。

尚吾に煽られているのだと分かってはいても、このまま黙って引き下がるのは何だか悔しくて、千秋はバットを受け取ると打席に入った。

「後で泣いても、知らないからな」

そう言いながらマシンのボタンを押し、闇雲《やみくも》にバットを振ってみる。

ガツッと重い手応えがして、手のひらに痺れが走った。

「ほら、当たったじゃないですか」

千秋はじんじんする手に、懐かしさを覚えた。

バットを振るのは、小学校の時以来かもしれない。

「篠田さん、もう一球！」

尚吾に言われて、千秋は渋々という顔をして打席に立つ。

思い切って振ると、カキンと澄んだ音が夜空に響いた。

「うわ、やった！」

賭けの最中なのに、尚吾はお構いなしに喜んでいる。

バットを差し出すと、「また空振りしたらかっこ悪いな」などと言いながら、尚吾はそれを受け取った。

交互に打席に入りながら、千秋はいつの間にかこの時間を楽しんでいる自分がいることに気付く。

こうして汗を流すのは、一体どれくらいぶりだろう。

気分が高揚《こうよう》している。

尚吾が振ったバットに球が当たり、澄んだ音が響き渡る。

「篠田さん、見ました⁈」

尚吾は得意気に千秋を振り返った。

そのきらきらした笑顔に、千秋は目を細める。

「まだ一球目だろ。このままだと俺の勝ちだけど」

あまりにも嬉しそうなので、からかい混じりに指摘すると、尚吾は「これからですよ」と闘志を燃やした。

会社で「大人っぽくて包容力がある」と騒いでいる女子社員たちに、この姿を見せてやりたい。

ヒットを飛ばす度に子供のようにはしゃぐ尚吾を見ながら、千秋はぼんやりと思った。

結局、それぞれ二十球ずつ打席に立ってみたものの、元野球部に敵うわけもなく、勝負は尚吾の圧勝だった。

「ハンデ無しとか、卑怯《ひきょう》だろ」

「分かってて乗ったんだから、文句は受け付けません」

ぐうの音も出ない。むうっとした顔つきのまま、千秋は黙った。

「どれにしましょうか……。あっ、俺、これがいいです」

映画館の前まで来て、尚吾が恋愛映画のポスターを指さす。

尚吾が「負けた方が何でも一つ言うことを聞く」と言ったとき、千秋は何となく、負けたらセックスを求められる気がしていた。

だが、尚吾は「レイトショーを一緒に見たい」と言い出したのだ。

肩透かしをくらったような気持ちのまま、千秋は映画のポスターを睨み付けた。どうしてか、さっきから、セックスを要求されなかったことに不満が燻っている。求められても困るが、初めから要求されないのも、何だか腹が立つ。

「これ以外見たくない」

不機嫌さを隠さずにホラー映画のポスターを指さすと、尚吾が怪訝《けげん》そうな顔をした。

「何か怒ってます?」

「……別に」

「ならいいんですけど。じゃ、こっちにしましょう。チケット買ってきますね」

あっさり言って、尚吾はカウンターの方へ行ってしまった。

映画館は休日の夜ということもあってか、飲み会帰りの若者やカップルで賑わっていた。

喫煙所のソファに座ってタバコを吸いながら、千秋は映画を見るのも、ずいぶん久しぶりだと思った。

最後に行ったのは、確か、大学四年生の夏だ。

当時、千秋は金沢の大学に進学し、経済を学んでいた。将来蔵を継ぎたいのなら大学へ行って経済を学べと父親に言われて、迷った末の決断だった。

地元ではなく、金沢を選んだのは、父が懇意《こんい》にしている蔵が「来るなら蔵の仕事を教えてやる」と言ってくれたからだ。

実家を出て一人暮らしをしなければならなかったが、将来のことを考えたら、仕方のないことだと思っていた。

亮は、高校を卒業してすぐ、米農家をしている実家を手伝い始めた。冬は杜氏《とうじ》として蔵で活躍する父親の跡を継ぐのには、それが一番いいと考えていたようだった。

本当は片時《かたとき》も離れたくなかったけれど、二人で話し合って決めた。

離れるのは、たった四年だけだと、そう信じていた。

四年生の夏。遊びに来た亮と、甘ったるい恋愛映画を見に行った。

もうすぐ帰ってくるんだなと、亮は嬉しそうに笑っていた。一番後ろの席に座って、人目を盗みながら、キスをした。

　あの時まで、亮は確かに、自分のことが好きだった——。

「篠田さん。タバコの灰、危ないですよ」

　声を掛けられ、千秋はハッとして顔を上げた。

　見ると、長く伸びた灰が落ちそうになっていた。

「もう行かないと、結構時間ギリギリです。どうかしました？」

「……何でもない」

　灰皿でタバコの火を消して、千秋は立ち上がった。

　敏《さと》い男だから、千秋の変化に、気付いているのだろう。尚吾の視線に気付かないふりをして、千秋は尚吾を促し、指定されたシアタールームへ向かう。

「篠田さん、ポップコーン、好きですか？」

　スナックスタンドの前で、尚吾に肩を掴まれた。

「まあ、普通に……」

「じゃ、食べましょう。何味にします？」

「塩」

「だと思いました。飲み物は？　炭酸系、大丈夫でしたっけ？　コカ・コーラ派ですか、ペプシ派ですか？」

「……ペプシ」

「俺もです。篠田さんも、ペプシ派、と」

同意してから、小さい声で呟いている尚吾に、千秋は眉を顰めた。

その後も、尚吾は食べ物の好み、好きな映画のジャンル、吹き替えか字幕かなど、どうでもいいことを次々と質問して来て、席に着く頃には千秋はうんざりしていた。

「お前、さっきから何なの？」

「何って、篠田さんのこと、もっと知りたいと思って。何が好きとか、嫌いとか」

「どうでもいい質問ばっかりだったけど」

「好きな人のことだったら、どんな些細《ささい》なことでも知りたいですから」

さらりと言われて、千秋は固まる。こういうふうに、臆面《おくめん》もなく愛だの恋だの口に出来る神経は、素直にすごいと思う。

「俺、今日、すごく楽しいです。ただこうやって、他愛《たあい》もないこと話しながら、一緒に過ごしてみたいなって、ずっと思ってたから。もっと俺のことを知って好きになって欲しいし、篠田さんのことも知りたいです」

熱っぽい声に、千秋は困惑を隠せなかった。

何も言えないでいるうちにブザーが鳴って、映画が始まってしまう。

尚吾がスクリーンの方を向いたので、千秋も椅子の背もたれに背中を預けた。

本気なのだろうか。

冷たく接していれば、そのうち興味は薄れていくと思っていた。

だが、もし、そうじゃなかったら？　もし、どんなに冷たくしても好きだと言われ続けたら――。

おかしな思考に陥りかけて、千秋はそれを打ち消した。もし本気だったとしても、尚吾の気持ちに応えるつもりはない。

それは今までも、これからも、変わらない。だとしたら、はっきり「想いには応えられない」と言うべきなのだろうか。

スクリーンに照らされた、尚吾の端整な横顔を盗み見る。

そっと見ていたつもりだったのに、尚吾が気付いて、顔を寄せてくる。

「怖い？」

耳元で囁かれて、するりと手を握られる。

「……っ、調子に乗るな」

恋人繋ぎにされそうになった手を振りほどき、手の甲をつねってやると、尚吾はスクリーンを見たまま楽しそうに笑った。

その横顔に、何故かどきりとして、千秋はシャツをぎゅっと握りしめた。

突然湧き上がった、ときめきに似た気持ちを、「気のせいだ」と自分に言い聞かせる。

恋はしないと、決めたのだ。

一生壊れないと信じていた絆《きずな》が、粉々に打ち砕かれた、あの夜に。

冷たい風に、千秋は首を竦めた。

木々が黄色やオレンジに色づき始め、朝晩はぐっと気温が下がるようになってきて、薄手のコートがないと少しつらい。

両手に重い紙袋を抱え、半分走るようにして会社に戻った千秋は、すぐにミーティングルームへと向かう。

客先で時間を取られてしまい、六時から予定されていたミーティングに、すでに二十分遅れていた。

「遅くなりました」

ノックをしてから滑り込むと、君島チームの視線が一斉に千秋に注がれた。

「お疲れさま。待ってたわ、『八幡酒造《やはたしゅぞう》』、どうだった？」

「無事に仮契約、いただきました」

「これで、レストランのオープンには何とか、主力銘柄の日本酒が揃いそうね。篠田くん、遠くまでご苦労さまでした。みんなも、とりあえず、お疲れさま」

手渡した仮契約書に目を走らせた梨花が、心底ホッとしたように息をつく。

シェフのピエール・メイヤーがなかなか首を縦に振らず、メインの肉料理に合わせる日本酒選びは難航を極めた。

そこで、純米大吟醸に拘《こだわ》っているピエールの意見を一旦無視して、千秋と尚吾は肉料理と相性がいい酒を中心に、リストを作り直した。

尚吾と綿密《めんみつ》な打ち合わせを重ね、時には休日を潰して遠方の蔵まで足を運び、いくつもの居酒屋へ足を運んでは実際に肉料理と合わせるとどうなるかを自分の舌で確認した。

おかげで、ここひと月は、尚吾と過ごしてばかりだった。

尚吾と二人で選び抜いた候補の中で、唯一ピエールが興味を示した純米酒『暮《くれ》』は、『八幡酒造』という小さな酒蔵が作っている、無名の銘柄だった。だが、濃厚で旨味に拘った、素直に美味しいと思える酒だ。

初めは「無名の酒だし、全国展開のレストランに卸《おろ》すなんて自分には荷が重すぎる」と契約を断られたが、諦めずに何度も足を運んだことでようやく今日、仮契約までこぎ着けることができたのだった。

「吉川くん、宍倉酒造はどうだった？」

「今日、お伺いしました。『若獅子』を、常時店に置く銘柄として正式に契約していただきたいとお伝えして、社長からも快諾《かいだく》していただけました。後日、改めて契約書を持って行く予定です」

「じゃ、とりあえず、これで一段落《ひとだんらく》ね」

「やった～、今日は残業なし！」

西門が叫び、梨花と尚吾が苦笑する。

会議は終わりとばかりに資料を片付け始める面々を見て、千秋は慌てて立ち上がる。

「すみません、もう一つ、いいですか」

チームの視線が一斉に千秋に集中する。千秋は紙袋から瓶を取り出し、皆に見えるように机に並べた。

細長い小ぶりの瓶は、ピンク、青、黄色、赤、紫と、様々な色が揃っている。

「何ですか？　それ。すごく可愛い！」

可愛いものに目がない三田が、真っ先に反応する。

「新規開拓で、神奈川の酒蔵に寄ってきました。蔵元が代替わりしたばかりで、まだ全然有名じゃないんですが」

そう言いながら、千秋はホワイトボードに『相模《さがみ》酒造／ハレの日』と書き入れる。

「ハレの日？　お酒なの？」

「スパークリングの日本酒です」

尚吾は数日前にこれを一緒に飲んだことを思い出したのか、何か言いたそうに口元をうずうずさせている。

この酒に出会ったのは、本当に偶然だった。

数日前、尚吾に誘われて飲みに行った日本酒バーで、「有名銘柄じゃないんですけど、おいしいですよ」と勧められたのが、この日本酒だったのだ。

アルコールの度数も低く、甘くて軽い飲み口で、ぐいぐい飲めてしまう。スパークリング日本酒の存在は知っていたが、こんなに飲みやすい銘柄もあるのだと、千秋はちょっとした衝撃を受けた。

「これ、僕も飲みましたけど、かなりいいですよ」

尚吾の援護に、三田が「え〜、私も飲みたい」と語尾にハートマークがついていそうな声を出す。

「今、常時店に置いておく日本酒として名前が上がっている銘柄は、確かに名前は有名ですが、少し堅苦しい物が多いような気がします。このお酒のように、ボトルデザインやラベルなどに拘っている、デザイン性重視のものを集めてみてもいいのではないでしょうか」

最近では、ワインボトルのような日本酒や、変わった瓶に入っている日本酒などもどんどん出てきている。女性目線を意識するなら、こういう商品はきっと人気が出る。

「日本酒は度数が高くて苦手、という女性のお客様にお勧めできる商品だと思います。今日、蔵にお邪魔して、このプロジェクトのコンセプトをお話ししたら、かなり乗り気になってくださいました。受注が増えてきているそうなので、契約するなら今がチャンスだと思います」

説明しながら、千秋は紙コップに酒を注ぎ、それをチームに回した。

口をつけてみた面々から、「おいしい」「飲みやすいね」と感嘆の声が漏れる。

梨花も紙コップを手に取ると匂いを確認し、一舐めして、「いいかもね」と呟いた。

「日本酒に関しては篠田くんの舌を信じてるから、任せるわ。契約内容を詰めて。あと、こういう商品で他にもいい物があったら、リストアップして報告して」

あっさりとOKが出て、千秋は少し拍子抜けした。

常時店に置く日本酒は、誰もが知っているような銘柄を揃えろと言われていたので、もっと反対があるかと思っていたのだ。

「それじゃあ、他になければ今日は解散」

金曜日の夕方、ほとんどの者は接待もないらしく、みんな「思ったより早く帰れる」と浮かれている。

「吉川さん、今日、飲みに行きましょうよ！」

西門が誘い、それに三田が「私も行きたい！」と乗っている声が聞こえた。

飲み会の計画を立てながらガヤガヤ出て行く面々に背を向ける。

「篠田くん、最近、吉川くんとよく飲みに行ってるんだって？　仲良くなってくれて、何よりだわ」

最後にミーティングルームを出ようとした梨花が、ふと思い出したように足を止め、千秋を振り返った。

「……いいえ、仲が良いわけでは」

「そこ、否定しないでよ。二人が仲良くなってよかったって思ってるんだから」

困惑する千秋に苦笑すると、梨花は「お疲れさま」とミーティングルームを出て行く。

仕事がてら、仕方なく飲みに行っているだけなので、釈然としない。

紙コップと酒瓶を片付けていると、ミーティングルームのドアが開き、西門達と先に出て行った尚吾が入ってくる。

「篠田さん、今日、空いてますよね？」

「……」

「ね、今夜、篠田さんの部屋、行ってもいい？」

腕と腕が触れあいそうなほど近づかれて顔を覗き込まれ、千秋は目を逸らした。

「お前、さっき、西門に飲み会誘われてただろ」

「あれは断りました。週末は篠田さんのために空けておくことにしてるんです。一人で飲みに行って泥酔《でいすい》しないか、心配なんで」

悪戯っぽく笑う尚吾に、千秋は少し呆れた。

「何だ、それ。心配しなくても、最近は……」

お前以外と飲みに行ったりしていない——。そう言いかけて、千秋は口をつぐんだ。

まるで、恋人を宥めるかのようだと、複雑な気持ちになる。

バッティングセンターに行ったあの日から、身体の関係こそないものの、何となくずるずると、週末を尚吾と過ごすようになってしまっていた。

どうしてか、尚吾といても苦にならない。

そして、日本酒についての知識があるから、一緒に飲んでいて……楽しい。

千秋にとって、そういう相手は、今まで「亮」以外にいなかった。

尚吾の気持ちを受け入れる気がないのに、ずるずると付き合い続けるのはよくないと、分かっている。

だが、「もうやめよう」とは、なかなか切り出せずにいた。半分は仕事なのだからと、誘いを断らないでいる。

「仕事も一段落ついたし、二人でお疲れ会しましょうよ。寒くなってきたから、そろそろ前に篠田さんが教えてくれた『常夜鍋《じょうやなべ》』、食べたいなあって」

「うちにも鍋なんてない」

「うちにもないです。フライパンでもいけるらしいけど」

「調理器具もない」

「知ってます。だから、土鍋《どなべ》買って帰りませんか？　冬になったらきっと出番多いと思いますし、買っといて損はないでしょ？」

ふいに、外の身に染みる寒さを思い出した。

断れば、ひんやりとした部屋に帰って、一人で長い夜を過ごすことになる。

「……お前が払えよ、土鍋代」

それでも断るべきだと口を開いたのに、気付けば、千秋はそう口にしていた。

やった、と喜ぶ尚吾に、何故断れないのだろうと複雑な気持ちになる。

（今日は、お疲れ会、だし）

後ろめたい気持ちを抱えながら、千秋はそう自分に言い訳した。


普段はタバコとライターと灰皿くらいしか置かない、黒い小さなテーブルの上で、土鍋がぐつぐつ音を立て、湯気をあげている。

近くのスーパーで買ってきたカセットコンロの上に、二人用の土鍋。

自分の部屋には似つかわしくない気がして、千秋はそわそわしながらキッチンに立つ尚吾の背中を見る。

「いい香り、してきましたね」

ワイシャツの袖をまくり上げ、手際よく野菜を切っている尚吾に頷いて、千秋は鍋の底に沈んだ昆布《こんぶ》を、レンゲでつつく。

鍋のスープは、尚吾が客先で貰ったという日本酒だ。燗《かん》でも冷やでもうまいと評判の日本酒は、普通に買えば結構な値段になる代物《しろもの》だった。

「勿体《もったい》ない……」

ぐつぐつ煮込まれている日本酒を見ながら、千秋は呟く。

「そうですか？」

野菜と肉をトレーに載せて持ってきた尚吾が隣に座って、大胆に野菜を入れ始めた。

「普通の、安い酒でよかったのに」

「でも、いい酒で食べられる機会なんて、滅多《めった》にないですよ」

尚吾は機嫌良く言い、菜箸《さいばし》で綺麗に具材を整えると、少し火を小さくして蓋《ふた》をする。

この前来た時に勝手に買ってきた二人分のマグカップに、残りの日本酒を注いで、尚吾はそれを千秋に差し出した。

「飲みながら食べると、酔うぞ」

「大丈夫ですよ、どんなに酔っても、今日は俺しかいませんから」

「俺じゃなくて、吉川が酔うって言ってるんだけど」

「潰れたら介抱してくださいね」

どっちにしても役得《やくとく》ですすと、さらりと付け加えて、尚吾は千秋のマグカップに自分のそれを軽くぶつけた。

「酔っても泊めないからな。自力で帰れよ」

本気で言っているのに、尚吾は「えー」と笑うだけで、まともに受け取っている様子はない。軽くあしらわれている感じなのが悔しくて、千秋はマグカップの日本酒を呷った。

やや辛口の淡麗酒は、噂で聞いていたとおりきりりとしていて美味しかった。

「はい、篠田さん」

鍋の具材を皿に取り分けた尚吾が、当たり前のようにそれを千秋に渡してくる。

「自分で取るって」

「だめですよ。自分で取ったら嫌いな物、よけるでしょう？　栄養つけてもらいたいんで」

「嫌いな物ばかり食べさせられてたら、お前と食事するの、嫌になるかも」

渋々受け取り、せめてもの反撃とばかりにぼそっと悪態をつくと、尚吾は自分の皿に具を取りながら笑った。

「それって、今は嫌じゃないってことですか？」

聞かれて、千秋は黙った。何を言っても揚げ足を取られそうなので、鍋に集中する。

「わー、これ、すっごい旨いですね」

しゃぶしゃぶにした豚肉を口にした瞬間、尚吾が感激の声を上げた。

確かに、美味しい。常夜鍋を食べるのは初めてではないが、こんな味だっただろうか。

苦手なネギも椎茸《しいたけ》も、珍しくぺろりと食べて、おかわりまでしてしまう。

「こんな美味しい物、どこで知ったんですか？」

「家。親父が酒飲みで、冬はよく……」

言いかけて、千秋は口をつぐんだ。

蔵元である自分の父親と、杜氏である亮の父親。二人は子供の頃からの親友で、家族ぐるみの付き合いをしていた。母親がいない日に、「母さん達には内緒だぞ」と言いながら、未成年の千秋と亮にも、この鍋を食べさせてくれた。

懐かしくて温かかった、冬の記憶。

「篠田さん？」

「あ……、ごめん」

鍋から立ち上る湯気をぼんやり見つめていると、尚吾が心配そうな声を出した。

千秋は何でもないような顔を取り繕って、マグカップの酒を口にする。

「家は、親父が下戸《げこ》なんで、こういう鍋は出てきたことないです。母親を筆頭《ひっとう》に、姉と妹の力が強いので、変な鍋が多かったですね。トマト鍋とか、豆乳鍋《とうにゅうなべ》とか」

「何だそれ。うまいの？」

顔をしかめると、尚吾は「それが、結構イケるんです」と頷いた。

「今度、作りますよ」

「……食べるなら、普通のがいい」

「じゃあ、今度は普通の鍋、しましょう」

千秋の渋面《じゅうめん》を見て、尚吾は楽しそうに笑っている。

その笑顔に、心臓がドキドキと音を立て始め、じわじわと顔が熱くなってくる。

そんなはずはない、これはきっとアルコールのせいだ。

「……肉、もっと食べろよ」

動揺を隠し、鍋の中の豚肉を尚吾の皿に山盛りに入れた。

「え？　あ、ありがとうございます」

尚吾は何故か嬉しそうに肉をじっと見つめている。

「篠田さん、知ってます？　外国では、人に食べ物を取り分けるのが親愛の情を表すことになるらしいですよ」

「俺、日本人だから」

親愛の情なわけがない。強《し》いて言えば、そう、お利口《りこう》な飼い犬にご褒美《ほうび》をやる感覚だ。

無理矢理自分をそう納得させて、千秋は黙々と鍋を食べ続けた。

くだらない言い合いをしているうちに鍋はなくなり、尚吾特製の雑炊《ぞうすい》も残さず食べ、千秋は動けないほど満腹になっていた。

こんなにお腹がいっぱいになるまで食べたのは久しぶりだ。片付けをしてくれるという尚吾に甘え、自分は酔った頭をベッドに倒す。

身体がふわふわして温かく、気分がよかった。

食べている間、思ったよりも酔いが回らないと思っていたが、アルコールは緩やかに千秋の身体を巡っていたらしい。

尚吾に忠告しておいて、自分が酔っていたら世話はない。

「大丈夫ですか?」

ひたりと冷たい手を額に当てられて、千秋は薄く目を開けた。

洗い物を終えたのか、隣に座った尚吾が、目を覗き込んでくる。

「水、飲みますか?」

「それほど、酔ってない」

首を振ると、尚吾は「本当に?」と苦笑した。

あれだけの日本酒を飲んで食べたくせに、尚吾はあまり酔っていないのか、ベッドにもたれテレビをつける。

テレビでは、古い恋愛映画が流れていた。

生まれた時から一緒にいたのに、君と離れるなんて、考えられない。画面の中の男がそう言って、私もよ、と女が答える。画面が切り替わり、まだ小さな二人が、野原に咲く花を摘んで指輪を作っているシーンが映る。

身体ごと沈んでしまいそうな重苦しい感覚に襲われて、千秋はベッドに突っ伏していた半身を起こした。

「この映画、見たことあります？」

「……ああ」

タバコに火をつけて、ゆっくりと煙を吸い込む。

尚吾は、画面を見つめながら「俺、こういうの、憧れなんですよね」と呟いた。

「子供の頃に出会って、大人になってもお互いが一番だって思える関係って、運命的じゃないですか」

尚吾は熱っぽく語っている。

「幼馴染みって、いいところも悪いところも、分かってるわけですよね。そんな相手が、自分のことをずっと好きでいてくれるなんて、いいなあって思います。……俺、外見で判断されることが多いから」

「……自慢か？」

タバコの煙を吐き出しながら、千秋はふっと笑った。

「違いますよ。逆っていうか……。『思ってたのと違う』って振られることが多いんですよ、俺。思ってたよりつまらないとか、思ってたより優しくなかったとか……。何だそれ、って感じでしょ？」

大人っぽくて、包容力がありそうで、優しくてイケメンの、営業の吉川さん。

尚吾は女性社員達からそう評価されている。確かにそれは間違ってはいないが、実際には口うる

さい母親のような部分もあり、子供っぽい部分もある。だが、王子様に憧れる女性たちには、尚吾のそういう人間くさい部分を、「違う」と感じてしまうのだろう。

「幼馴染みじゃなくても、俺のことをちゃんと見てくれる人を好きになりたいし、そういう人に好きって言って貰いたいなあって……思います」

横顔に感じる尚吾の視線を、千秋は黙ってやり過ごした。

尚吾なら、近い将来本当にそういう相手を見付けて、幸せな家庭を築くことが出来るのかもしれない。

――千秋は俺の運命の相手だよ。千秋と離れることなんて、冗談でも考えられない。

ふいに頭に響いた「亮」の言葉に、千秋は口元を歪ませた。

そう、自分もかつては、「運命」を、無邪気に信じていた。

「運命の相手なんて、いるわけない」

尚吾を見ないまま、千秋は短くなったタバコを灰皿に押しつけた。

「愛に、運命も永遠もない。……人の気持ちは、変わる」

言いながら、その事実を悲しいとも、寂しいとも思わなくなっている自分に気付く。そのことがではなく、そんな自分が、少しだけ、寂しい。

ふいに尚吾の手が伸びてきて、頬を指の背でなぞられた。

「つらい恋をしたことが、あるんですか？」

疑問の形だったが、それは確信している言い方だった。

黙っていることは、肯定になるのだろうか。

「……もしかして、それが『りょう』って人ですか？　……その恋を、忘れられないの？」

言い淀んだ末に、尚吾は踏み込んできた。

千秋の口元に、ゆっくりと、冷ややかな笑みが広がる。

亮を、忘れられないわけじゃない。

今でもまだ好きだとか、そんな一途《いちず》な感情は、もう千秋の中に残っていなかった。

裏切られ、捨てられた記憶が、今でも千秋を縛り付け、身動きをとれなくしている。

思い出したくなんてないのに、夢を見て傷つき、酔えば見知らぬ男にその面影《おもかげ》を求めて後悔する。

そんな日々を繰り返して、千秋は疲れ果ててしまった。

もう恋はしたくない。

女性と恋愛できる男なんて、論外《ろんがい》だ。

「……なあ、しようか」

精神的な愛を求める男に、肉体的な交わりだけを求めることの残酷さを、千秋は分かっているつもりだ。

お前は身体だけだと示せば、尚吾は自分を、諦めてくれるだろうか。

眼鏡を外して、千秋はそれをテーブルの上に置いた。

床に投げ出された彼の足に跨がって、シャツのボタンに手をかける。

尚吾は、やめようとは言わなかった。

シャツを脱がされ、スラックスの前を寛げられても、されるがままになっている。

千秋は尚吾の雄を咥えようと身体を屈めた。

「篠田さん、待って」

唇に雄が触れるか触れないかのところで、千秋は尚吾に肩を掴まれた。

「……俺のこと、好きですか?」

顔を上げると、尚吾は寂しそうな顔で笑っていた。

千秋の答えは分かっている、そんな感じの笑みだった。

目を伏せ、千秋は尚吾の雄に舌を這わせた。尚吾が軽く息を呑む。

「待ってください」

再び止められて、千秋は身体を起こした。

好きじゃないなら出来ないと言われるだろうか。

そう思っていた千秋は、突然膝裏に手を入れられて、抱き上げられた。そのまま、そっとベッドに下ろされて、ぱちぱちと目を瞬かせる。

覆い被さってくる尚吾が、千秋の頬を両手で挟んだ。

キスされる。

咄嗟に顔を背け、目を瞑る。数秒の間を置いて、眉間に柔らかな感触がした。

目を開けると、唇が触れそうな程の至近距離で、尚吾が愛おしそうに千秋を見ている。

「……な、何っ……」

「……今日は、全部、俺がします」

尚吾は熱っぽい声でそう囁いて、千秋のシャツのボタンに手を掛けた。少しずつ露わになっていく肌に、尚吾がそっと舌を這わせ始める。

時折跡が付かない程度に吸って、口づける。

恥ずかしさで全身がじわじわと赤くなっていくのが、自分でもはっきり分かった。

胸の飾りが交互に、何度も弄ばれた。

「……ぁ、ん」

鼻にかかった声が出て、千秋は自分の口に手の甲を押し当てた。

乳首を弄られただけでこんな声を出すなんて、恥ずかしい。

脇、腹、腰のくぼみ。普段自分では触らない場所を、尚吾は優しく愛撫した。

くすぐったいからやめてほしいと訴えても、笑うだけでやめてくれない。

スーツのスラックスと下着を脱がされ、下肢をむき出しにされる。

足を上げさせられて、期待と恥ずかしさに、小さな震えが止められなくなる。

「……も、もう、いやだ」

太腿の裏にキスを降らせたあと、足の付け根に口づけられる。普段人に触れられることなどない場所への口づけに、千秋は恥ずかしさが限界に達し、尚吾の身体を押しのけようとした。

「だめですよ。今日は、篠田さんの全部を、可愛がらせてください」

尚吾は千秋の手を取り、指先にねっとりと舌を這わせた。

指の一本一本を舐り、甘噛みしてから、尚吾は手を離す。

右の足首に愛おしそうな口づけをした後、尚吾は突然千秋の茎を口に含んだ。

「いい、やだ、そんなことしなくていいっ」

温かくて湿った場所に収められ、茎に舌が絡みついてくる。

「……っ」

千秋は思わず尚吾の髪の毛を掴んだ。

髪を引っ張っても、肩を押してもやめてもらえない。

あっという間に千秋の茎は硬くなり、熱を帯びた。

鈴口から零れた蜜を丁寧に舐め取り、いやらしく口を開けた先端を、尚吾の舌先が抉る。

「……っや、んっ」

悲鳴を零し、千秋は尚吾の柔らかい髪をきゅっと握った。

つりそうなほど足に力が入り、耐えられなくなって腰がゆらゆらと揺れる。

「っ、でる、もう出る、からっ、離し、てっ」

そう訴えると、尚吾は何故か一層深く茎を咥えた。

「い、やっ、あっ」

逃げようとする千秋の腰をがっちりと抱え、尚吾が頭を上下させ始める。

このままでは、尚吾の口に出してしまう。ゲイでもない男が、そんなことまで許容できるとは、とても思えない。

背筋を震わせ、千秋は自らの茎の根元を手で押さえた。しかし、その手もあっさりと外されてしまう。

蜜袋を指で刺激された次の瞬間、千秋は声なき悲鳴を上げ、腰を跳ね上げさせた。

口の中を汚してしまうと分かっていても、放埓を止められない。

尚吾が喉を鳴らして千秋のそれを飲み下すのが分かった。

どうしてこんなことを？

半ばパニックになって、千秋は顔を両手で覆った。ぼろぼろと溢れる涙が、指を濡らす。

経験があるからこそ、どんなに愛があっても、決して自ら進んでしたい行為だとは思わなかった。

だから余計に、尚吾にされたことが信じられなかった。

千秋の萎えた茎を優しく舐め清めてから、尚吾がようやく顔を上げる。

「……千秋さん」

千秋がぐしゃぐしゃに泣いているのを見ると、尚吾は少しだけ困った顔になった。

「気持ちよくなかった？」

ぎゅっと握りしめた拳を、尚吾の肩に叩きつける。

「……っバカ！　やめ、って、言ったのに、ノンケのくせに、なんで……、何で、こんな」

千秋の拳をそっと上から包むように握って、尚吾は千秋を抱き起こした。

強い力で抱き締めながら、優しく千秋の頭を撫でる。

「恥ずかしかった？　ごめんね……。でも、やめるつもり、ないですから」

首筋に、尚吾の熱い息がかかる。

背中がゾクリとして、千秋は思わず尚吾の胸に縋り付いた。

「今日は、千秋さんを、気持ちよくしてあげたい。うんと甘やかして、可愛がってあげたいんです」

「……な、んで」

「千秋さんが、好きだから」

耳にキスが落ちる。

「……だから、今日は、『りょう』さんのことじゃなくて、俺のこと考えてください」

胸の奥がヒヤリとして、千秋は尚吾の抱擁から逃れた。

真剣な顔をしている尚吾が、怖い。

「後ろ、向いて」

抵抗する間もなく、尚吾に身体を返され、背骨のラインを唇でたどられる。

このまま続けてしまっていいのかという逡巡は、唇からの刺激に、甘く溶け崩れていく。

双丘の割れ目で唇を離すと、尚吾は千秋の腰を上げさせた。

両手で双丘を割り開かれ、奥に隠れていた蕾を露わにされる。

間近でじっと見られている気配に、千秋はかあっと全身を赤く染めた。

セックスに慣れていても、そんなところを凝視されたことなどない。

「み、見るなよっ！　……っ、ひゃ、うっ⁈」

蕾に、何か温かくて湿った物が触れ、怪しく蠢《うごめ》いている。舐められているのだと気付くまでに、数秒かかった。

ずり上がって逃げようとする千秋の腰を、尚吾の大きな手が掴んで引き戻す。

柔々とした舌で、蕾を抉るようにされて、千秋の身体が跳ねる。

「そっ、それ、いやだ！　し、しないで……」

泣きながら懇願しても、先端が中に潜り込んできて、千秋は悲鳴を上げた。

「きっ、きたない、からっ、だ、だめっ」

後ろ手に手を伸ばし、尚吾の頭を押しやろうと力を込める。

だが、千秋が抵抗すればするほど、尚吾の舌の動きは強く激しくなった。

「……ひっ、ぁ」

入り口をぐるりと舐めては、硬く尖らせたそれで中を探ってくる。何度も繰り返されるうちに、痺れるような快感が下肢から襲ってくる。

恥ずかしい。けれど、気持ちがよくて堪らなかった。柔らかな刺激に、千秋の身体から力が抜けていく。思考も解け崩れて、何も考えられなくなってしまう。

顔を押しつけた枕に、千秋の悲鳴と涙が吸い込まれていく。

尚吾は前に手を回して、再び硬くなっていた千秋の茎に触れた。

堪え性なく、タラタラと蜜を零す鈴口を人差し指で開かれ、腰に重い快楽が溜まり始める。吉川、と縋るように何度か名前を呼ぶと、彼はようやく千秋の下肢を解放した。

「千秋さん、ゴム、持ってます？」

聞かれて、ゆるゆると首を振ると、尚吾は「え？」と困惑気味に聞き返してきた。

察しの悪い男に、千秋は苛立った。

「ここでっ、したこと、ないっ！」

一夜限りの男を、部屋に入れたことなどない。ホテルでしかしないと決めていたから、セックスに必要なものを、千秋は何も持っていない。

「ここでするのは、俺が、初めてってこと？」

頷くと、尚吾は嬉しそうにそう聞き返してきて、千秋の背中を愛おしそうに撫でた。

「……じゃあ、もし、痛かったら、ごめんね」

蕾に熱い固まりが押しつけられる。

舌で存分にほぐされたそこは、大した抵抗もなく太い先端を呑み込んでしまう。痛みは感じなかった。

「……っ、ふ、っ」

薄膜がない分、尚吾の雄は、いつもよりも熱くて、いつもよりも滑りがよくない。だが、そのせいで、身体を合わせているのだという感覚が凄まじかった。

息が出来ない。空気を求めて口を開ける千秋を、尚吾が後ろから抱き寄せてくる。

「千秋さん、もう少し、緩めて……」

千秋は力なく首を振った。

身体には、とっくに力が入っていない。だから、緩めろと言われても、どうしたらいいのか分からなかった。

自分の身体に絡みついている手、背中を包み込んでくれる身体、首筋に触れる吐息。

その全てから、全身が総毛立つほどの快楽を与えられている。

こんなことは初めてで、こわい。

こわい、と呟くと、尚吾は「大丈夫だから」と手を握ってくれた。

千秋の身体に雄芯を沈めきった尚吾が、ほっと息をつく。

「千秋さん……。好きです」

汗を掻いたうなじに唇を当てて、尚吾が言った。

「好き」

耳元と目尻にもキスをされる。

胸の奥からじわりと湧き出してきた甘い感情を、千秋は否定しようとした。

ぎゅっと目を瞑り、かつて愛した男を頭に思い浮かべようとする。

「好きです」

敏感な身体の内側をゆるゆると擦り上げられ、もう覚えられてしまった千秋の弱いところを雄で執拗に攻められる。

「好き……」

耳元に吹き込まれる甘い言葉に、千秋は頭を振って、違うと何度も否定し続ける。

違う、自分は好きじゃない、尚吾への思いが、恋や愛であるはずがない。

千秋を抱き締める腕の強さ。肌のにおい。千秋を快楽に溺れさせようとする、熱く猛《たけ》った雄芯。好きですと繰り返す、余裕のない声……。

何度否定しても、全てが尚吾で埋め尽くされて、千秋の心に染みこんでいく。

「っ、ごめん、ちょっと激しくする、かも」

尚吾が千秋の肩を甘噛みした。

千秋を拘束するように背後から抱き締めたまま、尚吾が腰をぐるりと回す。そうしてから、激しく抜き差しを始めた。

「……ん、は、んっ」

荒っぽく突かれ、中のかたちが元に戻る間もないほど何度も押し広げられる。

甘く痺れるような感覚が繋がっているところから這い上がってきて、千秋は喘いだ。

「……あっ、あ」

喉がからからに渇いて、空気と水分を求める。

尚吾の手の中にある茎からは、ずっと蜜が零れ続けていた。

首筋に、肩に、背中に、尚吾は歯を立て、舌を這わせ、口づけを残す。

ねっとりとした、それでいて激しく、逞《たくま》しい腰遣いで、千秋の中を暴こうとする。

「……っ、もう、もう、む、りっ……」

崩れ落ちた腰を支えられて、ぐりぐりと奥のポイントを抉られる。

「尚吾って、呼んでください……」

急に緩慢《かんまん》な動きになって、尚吾が囁く。

「……千秋さん」

千秋はいやいやをする子供のように、小さく首を振る。

名前を呼んでしまったら、頑《かたく》なに守ってきたものが自分の内側から脆《もろ》く崩れ落ちてしまいそうな気がした。

「千秋さんの中にいるのが誰か、分かりますか……？」

縋るような声で聞かれて、下腹部を撫でられる。

何も答えないで入ると、焦燥感を伴った声色で、「どうして何も言ってくれないの」と囁かれる。

直後、ひときわ強く突き上げられた。

頭の中が白くスパークして、空中に放り出されたような感覚に襲われる。

尚吾が強くかき抱いてくれなかったら、どこまでも落下していってしまいそうだった。

尚吾が息を詰め、千秋の身体から性急に雄を引き抜く。

次の瞬間、どろりと腿に放たれた熱い粘液で、千秋は尚吾がイッたことを知った。

ようやく迎えた終わりに、千秋は身体を弛緩させた。

はあはあと荒い息をつきながら、尚吾が千秋の涙を手のひらで拭ってくれた。

指先すら動かすこともできずにいる千秋を、尚吾は覗き込んできた。

尚吾の目は、熱のせいか、潤んでいる。

「好きです」

もう一度囁いて、尚吾は千秋の唇の端にそっとキスを落とした。

優しくて少し悲しい感触に、千秋は抵抗も忘れ、目を閉じる。

どうして自分はこんなに安らいでいるのだろう。

意識の片隅でそんなことを思いながら、千秋はゆるりとやってきた眠りに身を任せる。


真っ白な雪が、全てを覆い尽くしている。

見上げた空から雪がしんしんと舞い下りてきて、千秋の頬を冷たく濡らす。

一人が心細くて、千秋は「彼」を呼んだ。いつも傍にいた「彼」が、どこにもいない。

名前を呼ぼうとして、口をつぐむ。どうしてか、「彼」の名前が思い出せないのだ。

こんなに好きなのに、名前だけが、出てこない。

戸惑っていると、さくっと雪を踏む音が聞こえた。

——千秋。

真後ろから声をかけられて、千秋は振り向く。

愛しい男の顔を見て、千秋はほっとした。

——亮。

そうだ。自分が探していたのは亮だった。どうして、名前が思い出せなかったんだろう。

——どこにいたんだよ！　俺、ずっと探して……。

言いかけて、千秋は強ばった顔で俯いている亮の後ろに、真っ赤な傘を差した女性が立っているのに気付いた。

――君島、さん？

梨花は幸せそうに笑って、亮の腕に抱きついた。

――彼の赤ちゃんが、お腹にいるの。三ヶ月だって。だから、私たち、結婚することにしたわ。

梨花はそっとお腹に手を当てる。

――行きましょう。

梨花に腕を引っ張られ、亮は千秋に背を向けた。

――……結婚……？

呟くと、亮が振り向いた。

その時、千秋は初めて気付いた。目の前の男は、亮じゃない。

――吉川……？

信じられない思いで呼びかけると、尚吾は少し寂しそうに笑った。

――ごめんなさい。……さよなら、千秋さん。

あんなに自分を好きだと言っていたのに、尚吾は熱っぽく梨花を見つめ、彼女の肩を抱く。

――……どうして。

二人の姿は吹雪に遮られ、すぐに見えなくなってしまう。

――……何で？　何でだよ？　俺のこと、好きって言ったのに、何で……。

熱い涙が溢れて、冷たくなった頬を流れる。

——行かないで。好きなんだ……。吉川、俺を、捨てないで……。


泣きながら、千秋は目を覚ました。

身体を起こすと、自分を抱きかかえるようにして眠っている男の手が外れる。

まだ深い眠りについている尚吾のどこかあどけなさを感じる寝顔に、言い知れない安堵を覚える。

もうだめだと千秋は思った。もう、自分の気持ちを誤魔化せない。

尚吾が好きだと、認めるしかない。

その感情が怖くて、身体が小さく震え出す。

想いが通じ合って、お互いに好きだと認め合って、その後は？

幼馴染みだった亮も、尚吾と同じように、好きだと言ってくれた。

共に成長し、恋人になってからも六年以上一緒にいて、彼と別れることはないと、千秋は信じ切っていた。彼がいない人生など考えられなかった。

それなのに。あんなにお互い想い合っていたはずなのに、亮は千秋の知らないところで妹に手を出し、千秋を捨てた。

同じ「篠田」の姓になり、妹の夫として、同じ家に暮らすことを選んだのだ。それが、千秋にとってどんなに残酷なことなのか、考えもせず。

確かに、あのまま亮と付き合い続けても、結婚や孫を急かす両親からのプレッシャーや周囲の目に耐えきれず、いずれは終わっていたかもしれない。

だからこそ、千秋は怖かった。

尚吾は、ゲイじゃない。

今は千秋を好きでも、いずれは男を好きな自分に違和感を覚え始める。

結婚もできず、子供も産めない相手と生きていくことなど、ノンケの男には無理だ。そうなったとき、尚吾はきっと、すぐに千秋を忘れて次の恋を見つけるだろう。だが、自分はきっとまた傷ついてしまう。

その傷を癒すのに、長い時間つらい思いをすることは、分かりきっていた。

またあんなふうに傷つくくらいなら、いっそ、始めない方が幸せだ。

千秋は涙を拭うと、部屋着にしているスウェットの上下を身につけて、ベランダに出た。

十一月の朝は、空気がきりっと澄んでいて、冷たい。

夜明けが近いのか、外はうっすらと明るくなり始めていた。

タバコを燻《くゆ》らせ、少しずつ、波立った気持ちを落ち着かせる。

一本では足りず、二本目を抜いて火をつけようとしたとき、ベランダのガラス戸が開く音がした。

振り返ると、深い眠りに落ちていたはずの尚吾が立っていた。

「千秋さん、寒くない?」

掠れた声で言って、尚吾は背中から千秋に抱きついてきた。

温もりが、じわりと千秋を包み込む。心まで溶かされてしまいそうで、千秋はきゅっと唇を引き結んだ。

「……泣いてたの？」

「……泣いてない」

「目が赤いですよ。……何か、ありました？」

答えないでいると、尚吾に頭を撫でられる。慰めようとしてくれているのだろうか。お前が原因なのに、と千秋は心の中で毒づいた。

「子供扱いするなって言ってるだろ。年下のくせに」

「だって、千秋さん、迷子の子供みたいな顔、してるから」

「……何だそれ」

自分は今、一体どんな顔をしているというのか。

戸惑っていると、尚吾が耳元でふふっと笑った。

「……何だよ」

「千秋さんが大人しいと思って」

尚吾は耳に音を立ててキスをした。

「ほら。離せって、今日は言わないんですね」

「離せ」

「だめですよ。今言ったって、遅いです」

千秋を抱き締める腕に、ぐっと力を込めてくる。

不覚にも、心臓がどきりと跳ねてしまった。赤くなっていく顔を見られたくなくて、千秋は俯いた。すると、今度はうなじにキスが落とされる。

「ねえ、千秋さん」

「……何だよ」

「キス、してもいい？」

聞かれて、千秋は身体を硬くした。

「してる、だろ。いつも、断りもなく、あちこちと——」

耳やうなじへのキスは許している。そう言ってはぐらかそうとしたのに、尚吾は「そういうのじゃなくて」と千秋の声を静かに遮った。

「ここに、キスしてもいい？」

親指で唇をなぞられて、背筋が震えた。固まる千秋に、尚吾が顔を寄せてくる。

「……キスは、したくない」

顔を反対側に背けて、拒む。

したら、なし崩しに尚吾の想いを受け入れてしまいそうで、怖い。

その先に待っている、尚吾との関係が終わってしまう未来を、考えるのが怖い。

ふと、頬に柔らかいものが触れた。

軽い音を立てて一度離れ、もう一度同じ場所に、今度は少し長く。

甘くて優しいそれに、千秋はどんな顔をすればいいのか分からなかった。喜びと恐れ、混乱と気恥ずかしさ。そんな思いがごちゃ混ぜになって、千秋から感情を奪う。

空がどんどん白んでいき、街から夜の闇が追いやられていく光景を、千秋はただじっと見つめ続けた。

「若手蔵元地酒の会？」

「明後日の日曜日に、有楽町でやるんです。本当は君島さんと挨拶回りする予定だったんですけど、君島さん、ここ数日体調が思わしくないそうなので、同行してもらえませんか」

千秋は手渡されたチラシに目を落とす。

日本全国の若手蔵元を中心にした試飲会のようだった。チラシには有名な蔵の名もある。

「この前、篠田さんが契約を取ってきた『相模酒造』も来るらしいんですよ」

休みの日に申し訳ないんですがと手を合わせられて、千秋は頷いた。

仕事であれば、断るわけにもいかない。

「わかった。菓子折は？」

「今回は名刺置いてくるだけでいいそうです。で、まだあまり知られてなくて、これから注目されそうな蔵も、リサーチしてくるようにって」

「ブースを出す蔵の詳細は出てないのか？」

行くならば、前もって出展する蔵を調べてから出かけたい。

だが、尚吾は困ったように首を振った。

「それが、ホームページ見ても、詳細未定って出てるだけなんですよね。個々のSNSなんかでは、参加するって書いてるところもあるみたいなんですけど。この前出先で聞いたときは、地方の大きな酒屋が蔵の代わりに出すブースもあるみたいで……」

「ああ……」

理由が分かって、千秋は頷いた。

この時期、酒蔵は酒造りの季節だ。一番忙しい時に、試飲会などに人手を割けないという所も多いだろう。

「じゃ、明後日は午後三時頃に有楽町駅待ち合わせでお願いします」

尚吾は話を切り上げると、鞄と紙袋を掴み、「外回り行って、接待行ってから直帰しまーす！」と声を張り上げる。

すれ違う同僚達と何やら楽しそうに言葉を交わして出て行く尚吾を、千秋はこっそり目で追った。

尚吾を見送った女性社員二人が、「吉川さん、今日も素敵だよね」と盛り上がるのが聞こえて、胸がズキリと痛む。

気持ちをリセットしたくて、千秋はこめかみを軽く揉んだ。

好きだと気付いた途端に、尚吾のことを目で追い、ちらつく女の影に暗い気持ちになっている自分が嫌だった。

（……仕事しないと）

千秋は気を取り直して、パソコンで「若手蔵元地酒の会」を検索した。

会自体のホームページはなく、日本酒を応援するブログなどに、やや詳しいことが書いてある。

いくつかのサイトを見て回ったが、あまり収穫は得られなかった。

チラシに名前はないが、サイト上では出展予定だと記載されているいくつかの酒蔵の名をメモしていた千秋はふと、ある可能性に気付いて手を止めた。

もし、実家の『篠田酒造』が、来ていたら？

そんな不安が頭を過る。

（……いや、多分、それはないだろう）

幸いにも実家で作っている『志乃田』は需要に供給が追いつかないほど人気がある。

これ以上名を広めて、飲めない客を増やしたくないという父親の考えから、『篠田酒造』は、デパートの催事《さいじ》やフェアなどには出展したことがなかった。

しかも、今回は「若手蔵元」と銘打っての試飲会だ。そんな場所で、実家の誰かと鉢合わせすることはない、はずだ。千秋はそう自分に言い聞かせた。

だが、喉に刺さった小骨のように、不安はなかなか消えてくれなかった。

十一月も下旬とは思えないほど、穏やかに晴れ渡った日曜日。「若手蔵元地酒の会」が開催されている有楽町のホールは、大勢の人で賑わっていた。

それぞれの蔵の半纏《はんてん》を着た蔵人《くろうど》たちが、来場者に次々と酒を注ぎ、日本酒談義に花を咲かせている。

思っていたよりもずっと盛況な会だったため、千秋と尚吾は別れて会場を回ることになった。美味しいと感じた酒蔵には名刺を渡して訪問の約束を取り付ける。

千秋の差し出した名刺を見た蔵人の反応は、様々だった。「洋酒メインのスーパーだろ」と相手にしてくれない所もあれば、直営店によく行くと興味を持ってくれる所もある。

レストランにスパークリング日本酒を卸してくれることになった「相模酒造」の女性蔵元に挨拶し、彼女の友人だという蔵元を何人か紹介して貰った後、千秋は腕時計を見た。

既に入場してから二時間が経っている。

尚吾は今どのあたりを回っているのだろう。そろそろ一度合流しようかと考えて、鞄から携帯を取り出した、その時。

見覚えのある後ろ姿がすっと目の端を横切るのが見えた。

「吉川！」

声をかけるが、聞こえなかったのか、振り向かない。

小走りに近付いて、千秋は尚吾の肩を軽く叩いた。

「吉川、そろそろ……」

そう口にしながら、ふと、尚吾はなぜ酒蔵の半纏を着ているのかと疑問に思う。

その答えにたどり着く前に、目の前の相手が振り向いた。

目と、目が合った瞬間、千秋は愕然としてその場に凍《こお》り付いた。

頭からざあっと血の気が引き、周囲の音が遠くなっていく。

「千秋……？」

男の尋ねてくる声が、微かに震えている。

千秋が呼び止めてしまったのは——亮だった。

七年前に、恋人だった千秋を裏切って、妹と結婚した幼馴染み。

体型も、顔立ちも、ほとんど昔と変わっていない。

心の奥底に封じ込めてきた記憶が、津波のように押し寄せてきて千秋を呑み込んだ。

大学の卒論を提出し、一人暮らしの部屋を引き払って戻った実家で、何も知らずに、「亮くんの赤ちゃんができたの」と幸せそうに笑う妹と、青ざめた顔で自分から目を逸らし続けた亮の横顔。

花嫁のお腹が大きくなる前にと、ひと月も経たずに慌ただしく行われた結婚式。

願ってもない婚礼だと涙を浮かべて喜んでいた両家の両親。そのどんちゃん騒ぎの中で、笑顔の仮面を貼り付けて、座っていることしかできなかった、自分。

必要なものだけを手に、千秋が実家を出たのは、亮が実家に同居すると分かった夜のことだった。

最終電車で東京についた千秋は、新幹線のホームで泣いた。

C
A

どうして裏切ったのか、いつから裏切られていたのか、千秋には分からなかった。

相手がよりにもよって妹だったことが、亮が自分のいる実家で生活するつもりでいることが、理解できなかった。

信頼、愛情、過去と未来。絶対に壊れないと信じ切っていた物を全て粉々に砕かれて、そうして初めて、絶対に壊れないものなどないのだと、千秋は思い知った。

「……千秋」

亮が一歩踏み出してくる。

その左手の薬指にある銀色の指輪を見た瞬間、千秋は身を翻《ひるがえ》して走り出した。

「千秋！」

こんなところで、こんな形で、亮と会うなんて。

一生会いたくなかった。

一生会わないつもりだった。

動揺のあまり吐き気がこみ上げてくるが、追いつかれたらと思うと、足を止める気にはならない。

ホールを出た直後、千秋は誰かに手を掴まれた。手を振り払おうとすると、「篠田さん！」と名前を呼ばれる。

恐る恐る顔を上げ、千秋はほっと息をついた。千秋の手を掴んでいたのは、尚吾だった。

パニックだった頭が、少しだけ冷静さを取り戻す。

「何かあったんですか？　真っ青ですよ」

「会社に戻る」

「え？」

「俺は先に会社に戻る」

千秋は尚吾に背を向けようとした。

「ちょっ、待ってください、いきなりどうしたんですか？」

ぐっと腕を引かれて、千秋は尚吾を見上げた。

離してくれないと、亮に捕まってしまうかもしれない。

「後で話すから。とにかく、今は帰る」

だが、尚吾は手を離してくれない。

「千秋！」

亮の声に、千秋の肩がビクッと跳ねた。亮がまっすぐ近付いてくる。

不穏な気配を感じたのか、尚吾は千秋を自分の背中に隠すようにして立った。まるで千秋を守ろうとでもするかのように。

「うちの社員が、何かご迷惑をおかけしましたか？」

言葉だけは丁寧に、けれども警戒心を目一杯込めた尚吾の声に、亮が怪訝そうな顔をする。

「…うちの社員？　あっ、いえ、そうじゃないです。彼に、話があって」

「話すことなんかない！」

強い口調で言い返すと、尚吾も亮も、驚いたように千秋を見た。

「千秋、頼むから。話がしたい」

懇願する亮の方を見ずに、千秋はじりじりと後ずさる。

今にも逃げ出しそうな気配を察してか、尚吾の手に、痛いくらい力が籠もった。

「失礼ですが、篠田と、どのようなご関係ですか」

「私は、彼の……、その、何というか……千秋の、親族、です」

亮がしどろもどろにした自己紹介に、千秋は胸が冷たく凍《こご》えていくのを感じた。

そうか。言われてみれば、妹と結婚した彼は、「篠田千秋」の義弟なのだった。

「それは、知らなかったとはいえ失礼いたしました。私、『ニックナックストアジャパン』営業部の吉川と申します。篠田さんは私の先輩で、いつも大変お世話になっております」

沈黙を肯定だと受け取ったのか、尚吾が千秋の手を離し、名刺を取り出す。

「そ、そうでしたか……。こちらこそ、失礼いたしました。ご挨拶が遅れまして……。私、篠田酒造の専務をしております、篠田と申します」

名刺交換をした尚吾は、頓狂《とんきょう》な声を上げた。

「えっ⁈　あの篠田酒造の？　専務さんですか⁈」

「はい」

ちらちらと千秋に視線を送りながら、亮が訝しげに答える。

尚吾は、何故言ってくれなかったのかと責めるような眼差しで千秋を見た。説明する気などあるわけもなく、その視線を、千秋は黙殺する。

「レストランの件では、お力になれず、すみませんでした」

「……いえ。いえ、それは、でも……」

動揺を隠しきれないまま名刺に視線を落とした尚吾が、ハッと息を呑む。

「お名前、『りょう』さんっていうんですか……？」

「はい。篠田亮と申します」

尚吾は、「亮」の名前を知っている。その相手が、千秋の「忘れられない人」だということも。目の前の「亮」がその相手だと、尚吾には分かってしまっただろう。

「妹の旦那だから」

黙っていて変な誤解をされたくない。仕方なく、千秋は重い口を開いた。

自分でもゾッとするほど冷たい声に、亮が怯《ひる》むのが分かった。

「千秋……。頼む、五分だけでもいいんだ。……みんな、心配してる。俺も、ずっと、千秋に謝りたくて……」

どんどん小さくなっていく亮の声に、千秋は失笑を浮かべた。

謝れば、亮の気は済むのだろうか。そんな自己満足に付き合ってやる気はなかった。

「謝る……？　謝るって、何を？　今更謝ってもらいたいとは思わない。頼むから、もう二度と、俺の前に姿を見せないでくれ」

亮の表情が悲しげに歪む。

まるで被害者のような顔をする亮に苛立ちが募り、千秋は「会社に戻る」と小さく口にした。

亮と尚吾に背を向け、地下鉄の駅に向かって歩き出す。

亮に告げた一言が、酷いとは思わなかった。あの言葉の数倍、数万倍、自分は傷つけられたのだ。

胸が締め付けられるように痛んだ。その痛みに、未だに亮のことを忘れられていない現実を突きつけられているようで、腹が立った。

「篠田さん！」

尚吾が小走りに千秋を追ってくる。

「待ってください、篠田さん。篠田酒造が実家だって、どうして黙ってたんですか？　それに、あの人、『亮』って……。あの人なんですよね?!」

足を止めず、質問にも答えない千秋に、尚吾は焦りを滲ませた。

前から歩いてくる若者や女性が、自分と尚吾を怪訝そうな顔で見ながらすれ違っていく。

「篠田さん！」

まるで責めるような尚吾の声に、千秋はぎゅっと唇を引き結んだ。

一人になりたかった。

あんなところで過去と会ってしまった混乱は、胸の中で渦巻《うずま》いたままだ。

今は、冷静に話せる自信がないし、こうして尚吾に色々聞かれることすらも、煩わしくてならない。

「待ってください、篠田さん！」

「何も話したくない！」

腕を掴まれ、無理矢理その場で立ち止まらされた千秋は、カッとなった。

千秋の大声に周囲は関わりたくないという顔をしながら、その場を避ける。

「……頼むから、一人にしてくれ。今は何も、考えたくない」

醜態《しゅうたい》をさらしてしまったことを恥じ、努めて感情を排除して言い捨てると、千秋は尚吾の手を払って地下鉄の改札へと歩き出した。

数歩の距離を空け、叱《しか》られた犬のように後ろをついてくる尚吾は、時折もの問いたげに視線を向けてくる。その視線を千秋は黙殺し、ちょうどホームに入ってきた電車に乗り込んだ。

地下鉄の車窓を流れていく暗い色の壁を見つめながら、千秋はため息をついた。

目の奥に鮮明に焼き付いた、亮の結婚指輪。

篠田酒造の専務だと、そう言っていた。妹と、うまくいっているのだ。

悲しいのか、寂しいのか、どうでもいいのか、自分でもよく分からなかった。

つと視線を、車窓に映っている、沈鬱《ちんうつ》な面持《おもも》ちの尚吾に向ける。

数年後には、この男も、左手の薬指に指輪を嵌めているのかもしれない。

千秋に好きだと言ったことも忘れて。

それは、きっとそう遠くない未来に訪れる、現実だ。

鼻の奥がツンとする。

泣きそうなのを知られたくなくて、千秋は自分の革靴を眺め続けた。

地下鉄を乗り継ぎ、会社に戻ると、時刻は午後六時を回っていた。

年末も近いこの時期、いつもなら週末でも出勤している社員は少なくない。

だが今日は、珍しく営業部に社員の姿はなかった。

「千秋さん、さっきの話ですけど」

「今は何も話したくないって言っただろ」

尚吾を見ずに言い捨てて、千秋はパソコンを立ち上げた。

静かなフロアに、ブウンという低い電子音が響く。一秒でも早く報告書を書き上げて、一人になりたかった。

「千秋さん」

会社内で「千秋さん」と呼ばれたことは、これまでなかった。

不穏な気配に顔を上げた瞬間、手が伸びてきて、パソコンの電源をブツリと切られる。

「ちょっ、何だよ!」

千秋は尚吾に腕を取られ、立ち上がらされた。

椅子のキャスターに足を取られ、転びそうになってもお構いなしに、尚吾はどんどん歩いて行く。

狭くてほこりっぽい、防犯カメラもついていない資料室に千秋を連れ込んだ尚吾は、ドアを内側からロックする。

「何のつもりだよ」

尚吾を睨み上げると、「話が済むまで、出しません」と静かに返された。

真剣な顔の尚吾に逃げ場がないことを悟り、千秋は小さく舌打ちする。

「……前に、セックスしたとき、千秋さん『りょう』って名前呼んでましたよね」

「……」

「あの時に名前呼んでた『りょう』って、さっきの人ですよね？」

「……俺が誰の名前を呼ぼうが、お前には関係ないだろ」

「関係、あると思うから、聞いてるんです……。俺、千秋さんは、昔悲しい恋をして、その相手のことをまだ忘れられていないのかなって、ずっと思ってました。その相手が『りょう』っていう人なんだろうな、って」

「だったら、何だよ」

苛立ちを抑えきれなくなり、語気が荒くなる。

セックスの時に「亮」と呼んだから、何なのだ。

自分たちは恋人ではない。

こんな風に問い詰められる謂れはない。

「あの人と、付き合ってたんですか？　今でも忘れられないほど、好きなんですよね？」

千秋は思わず尚吾の肩を突き飛ばした。

よろけた尚吾が、目を見開いて千秋を見つめる。

「冗談だろ？　あいつは俺に『運命の相手だ』なんて言っておきながら、恋人だった俺の妹を孕《はら》ませて結婚した、クズだぞ。あいつを忘れられない程好きだって？　そんなわけ、あるか！」

「じゃあ、何で亮さんから逃げたんですか？」

「……」

「忘れられてないからでしょう？」

「……違う」

「違いません。あなたはまだ、亮さんのことが好きなんだ。じゃなきゃ、彼に似た人ばかり選ばないですよね」

ひゅっと喉の奥が鳴る。

「何、言って……」

「バーのママが、言ってました。俺は、千秋さんの好みど真ん中だって。初めて寝たあの夜に、俺を誘ったのも、亮さんに似てたから？」

「……似てなんか」

「似てましたよね、亮さんと、俺。驚くほど。背格好も、顔立ちも」

今日、尚吾と間違えて亮に声を掛けてしまったことを、千秋は思い出した。

亮は、酒蔵の半纏を着ていたのにもかかわらず。

「君島さんから、篠田酒造に、俺によく似た人がいるって言われたことがあったんです。それがまさか、こんな風に繋がるとは思ってもみませんでしたけど……」

尚吾は皮肉っぽく片頬を歪めた。

「……俺、あの人の身代わりですか？」

何を言われたのかきちんと理解するより先に、千秋は手を振り上げていた。

ぱしっと小気味いい音がして、手のひらにジンと痛みが広がる。

「馬鹿にするな！　あんな風に裏切られて、今も好きで居続けられるわけないだろっ！」

興奮しすぎて、身体が小刻みに震え出す。眦《まなじり》からぽろりと涙が零れるのが分かった。

「もう、亮のことは、忘れたんだ……」

噛みしめるように呟く。

「……あなたのそれは、忘れたんじゃなくて、考えないようにしてるだけです……」

何故、こんな風に追い詰めるようなことを言うのだろう。どうして、そっとしておいてくれないのだろう。悔しくて、辛くて、千秋は唇を噛みしめた。

そうだ。考えないようにしていた。

亮とのことを思い出すと、自分が惨めだった。

あまりにも、悲しい記憶だったから。

「千秋さん。身代わりじゃないなら、俺のこと、どう思ってますか」

亮との突然の再会で、思い知らされた。

尚吾の想いを受け入れたところで、同じことを繰り返すだけだと。

千秋の虚《うつ》ろな目をどう捉えたのか、尚吾の顔つきが強ばっていく。

「俺のこと、好きだって思ってくれたこと、ありますか？」

重ねて問われ、千秋は目を逸らした。

好きだよ、と心の中で呟く。けれど、尚吾の想いには応えられない。

「……千秋さん」

泣きそうな声で名前を呼ばれ、胸の奥が痛んだ。それでも、答えを変える気はない。

居心地の悪さに身じろいだ直後、うなじに手を入れられる。あっと思う間もなく目の前が陰り、唇に温かなものが触れた。

顔を上げた千秋は、突然ぐっと尚吾に抱き寄せられた。

キス、されている。

「……んっ」

驚いて、千秋は尚吾を突き飛ばそうとした。

だが、身体を棚に押しつけられ、動けなくされてしまう。

「……っ、やっ、ん、む」

嫌だと言いかけた唇を割って、尚吾の舌は奥へと入り込んでくる。

逃げる舌を搦め取られ、口蓋《こうがい》を舐められて、下肢が熱を帯びていく。

もう何年もしたことがなかった深い口づけに、己の身体の反応に、千秋はパニックになった。

逃れようと身を捩ると、尚吾の手に力が籠もり、キスがますます執拗になる。

息すらも全て奪う長い口づけの後、尚吾は唇を離した。

「……キスで、勃ったの？」

スラックスの上からそこを触られて、千秋は真っ赤になった顔を俯けた。

「キスは、嫌なんじゃなかった？」

キスが嫌だと言ったのは、それが愛を確かめ合う行為だと思っているからだ。

だから、寂しくて他の男を求めたとしても、行きずりの相手に、唇だけは許したくなかった。

それなのに、千秋の想いを知ろうともせず、ただ欲望のままにこんなことされて、心が軋むように痛んだ。

「嫌なことされても、こんな風になるんだ？　それとも、もしかして、感じちゃうから嫌だったんですか？」

千秋を揶揄《やゆ》しながら、尚吾はどこか傷ついた顔をした。

違う、と否定の言葉が口を衝くよりも前に、千秋は再び尚吾に唇を塞がれていた。

尚吾の舌が、千秋の舌に絡みついて唾液を啜《すす》る。

唇を合わせたまま、尚吾の手が性急に千秋のベルトと、スラックスのボタンを外す。

「……っ、んっ」

ジッパーを引き下ろし、下着に潜り込んでこようとする手を掴んで止めさせようとするが、力では敵わない。

「や、めっ……」

千秋はあえてその場にしゃがみ込んだ。

押しても引いてもびくともしない相手から逃れるためには、意表《いひょう》を突くしかないと思ったのだ。

しかし、逃げる間もなく、肩を押されて床に押し倒されてしまう。

振り上げた手首を掴んだ尚吾が覆い被さってくる。

こんな風に、千秋の気持ちを無視するようなやり方で、抱かれたくない。

「……や、嫌だっ、ん、むっ」

背けた顔を引き戻され、上げた悲鳴も無視されて、また唇を塞がれる。

ねっとりと千秋の舌を味わいながら、尚吾は千秋のスラックスを下着ごとずり下げ、熱くなっている中心を手のひらで包んだ。

すでに濡れている先端を、親指が執拗に弄り始める。時折強く抉られる度、千秋の腰はびくりと跳ね上がる。

千秋の好きな場所を知る指が巧みに動く度、身体に熱が籠もってゆく。

「ん、んっ……」

限界が近付き、千秋は腰を震わせながら鼻にかかった甘え声を漏らした。

「イきたい?」

唇を離して、尚吾が至近距離から覗き込んでくる。

イきたいと言わなければ、解放してもらえないのだろう。理性と欲望の狭間で揺れ動き、逡巡した後、快楽に負けて、千秋は涙に潤んだ目で小さく頷いた。

こんなことは、早く終わらせてしまいたかった。

尚吾は千秋の上気した頬を指の背でそっと撫でた。

「キスされて、少し弄られただけでこんなになるのは、俺のこと、好きだからじゃないんですか?」

ゆるゆると首を横に振ると、尚吾の顔が傷ついたように歪んだ。

「気持ちよければ、誰だって、いい」

小さくそう応えて、千秋は皮肉っぽく笑って見せた。

こんな時にでも快楽に溺れる千秋を見て、幻滅《げんめつ》してくれればいい。好きになったことを後悔して、離れていってくれればいい。

それは千秋がずっと望んでいたことだったのに、何故か涙が溢れて止まらなくなる。

「どうして、泣くの？　酷いこと言われて悲しいのは俺なのに、そんな顔するのは卑怯だ」

困ったように眉を寄せた尚吾は、指を千秋のモノから後口へと滑らせた。

「あっ、やっ、やだ、っ、それは」

逃げを打った身体は、しかし、簡単に引き戻された。

「何が嫌なの？　これ、好きでしょ？　気持ちよければ、誰でもいいんですよね？」

強引に足を開かされ、まだあまり異物に馴染んでいない後口に、尚吾の熱く硬くなった雄が押し込まれる。

馴染むのも待たず、尚吾は激しい抜き差しを始めた。

悲鳴を上げかけた口を唇で塞いで、痛みを覚えるほど、中を激しく突き上げてくる。

「千秋さんがそういう目でしか俺を見ないなら、俺も、そういう扱いしますから」

言い捨てて、尚吾は身体を起こし、千秋の腰を掴んだ。

自分の快楽だけを追い求めるような強引な律動に、千秋は次第にこころが冷たく凍り付いていくのを感じていた。

自分で幻滅されることを望んだくせに、実際にそういう扱いをされると、胸が壊れそうに痛んだ。

結局、尚吾は一向に振り向かない千秋を振り向かせたいだけで、千秋の言葉など聞いていないし、千秋の意志などどうでもいいのだ。ただ、欲しいものが手に入らないで駄々をこねる、子供と同じ。

千秋のことを、本当に好きではなかったということ。

それだけだ。

ぼんやりと宙に目をやっていると、ぐいっと顎をとられた。

「何考えてるの？　ぼんやりしてないで、集中してくださいよ」

露悪的に言いながら、乱暴に雄で突き上げてくる。

痛みが走って、千秋は小さく悲鳴を上げた。

それでも尚吾は動きを止めず、まったく優しくない、なおざりな手つきで千秋の茎を荒っぽく擦り上げる。

どうしたらいいのか分からなくて、身体も心もバラバラになってしまいそうだった。

こんな風に扱われるのは悲しい。

でも、初めにそういう態度を取ったのは自分の方だ。

身体を小刻みに震わせ、上半身を丸めてしゃくり上げると、戸惑ったように尚吾は動きを止めた。

「もう、嫌だ、したくない」

涙声で、尚吾の身体を押しのけようとするが、尚吾は千秋を離すどころか、覆い被さってきた。

「……嫌だっ、痛いだけで、全然よくない、もうしない！」

叫んだ唇を、キスで塞がれる。

嫌だと思っているのに、巧みな舌遣いに翻弄され、気付けば千秋の下肢は再び兆し始めていた。

さっきまでとは打って変わって、千秋の身体を気遣うように、ゆっくりと抜き差しをされる。腰から下が溶け出していくような感覚に、千秋は身悶《みもだ》えた。

下肢を繋げたまま、唇を啄《ついば》まれ、軽く歯を立てられて、甘く吸われる。

舌を軽く噛まれ、深く口づけられる。

濃密な尚吾の匂いに、全身が浸食されていく。

どこもかしこも痺れて感覚がなくなるほど気持ちがよくて、千秋は目の前の胸に縋った。

「千秋さん、好きです。……好き」

呪文のように繰り返され、自分でもそうと分かるくらい、千秋の中がぎゅうっと締まる。

スーツのジャケットを着たままの背中に爪を立てると、身体の奥深くまで入り込んでいる雄がひときわ大きくなり、尚吾がグッと息を詰めたのが分かった。

「中、出させて」

囁かれて、千秋はハッとした。

「嫌だ、中は！」

身を捩って抵抗したのに、強い腕にぎゅっとかき抱かれて、抵抗を防がれてしまう。次の瞬間、身体の奥にじわりと熱が広がった。

嫌だと言ったのに、中に出されたことがショックで、呆然とする。

「無理矢理したときと、『好き』って言いながらしたとき、全然、反応が違いましたね。それが、答えじゃないんですか？」

満足そうに言われて、絶望が、千秋の心を暗く染め上げていく。

尚吾が千秋の身体から出て行くと、彼が放ったモノが後口から零れ落ち、床を汚した。

「……お前、俺を試したの？」

静かに聞くと、尚吾はようやく顔を上げ、千秋を見た。その顔が、自分のしたことにようやく気付いたかのように固まる。

「……千秋さん……？」

千秋は無言で重い身体を起こした。

ハンカチを取り出してざっと白濁を拭うと、震える指で脱がされたスーツを纏い、よろめきながら立ち上がる。

「待って」

焦ったように、尚吾が千秋の手首を掴んだ。

千秋が薄い笑みを浮かべると、尚吾は何かを感じ取ったのか、ハッと目を瞠った。

「もう、やめよう。男同士で愛だの恋だの、おかしいだろ」

「……俺のことは、本当に、少しも、好きじゃ、ないんですか」

尚吾の顔が、徐々に、傷ついたようなものへと変化していく。

心が痛み、同時に虚《むな》しさがこみ上げてきた。

色恋は、どうしてこうも愚《おろ》かな結末しか連れて来ないのだろう。

涙腺が緩みそうになって、千秋はぐっと奥歯に力を込めた。

「……好きじゃないのは、俺じゃなくてお前の方だろ」

「……何言ってるんですか？　好きだって、何度も……」

「本当に好きなら、俺の気持ちを無視して、こんなことしない」

「……っそれは」

静まりかえった資料室に、重い沈黙が落ちた。

「お前は、俺のこと好きじゃないよ。一度ヤッて、情が湧いただけだ。しばらくすれば頭も冷えて、何で俺のことを好きだなんて言ったのか、不思議に思う」

タバコを吸いたいと思いながら、千秋はふっと笑った。

「俺も同じだ。相手が誰だっていい。……お前の言う通り、亮に似てれば、誰だって」

本心ではない想いを口にして、千秋は黙った。

数秒が何時間にも思えるほどの長い沈黙の後、尚吾は千秋の手を離した。

「無理矢理こんなことして、傷つけて、すみませんでした。今更、もう、遅いかもしれませんけど……でも、俺が千秋さんを想う気持ちは、否定されたくないです」

それを聞いても、千秋は眉一つ動かさなかった。何も答えない千秋に、尚吾は傷ついたような、諦めたような顔になる。

「……分かりました。……もう、好きって言って困らせたりしませんから」

尚吾は踵を返すと、資料室を出て行った。

今すぐに資料室を飛び出して尚吾を引き留めたい衝動を、心の奥底へと押し込める。

足音が遠ざかり何の物音も聞こえなくなってから、千秋は資料室の棚に背中を預け、ずるずるとその場に沈み込んだ。

強く握られすぎて赤くなった右手首をそっと左手でなぞりながら、千秋はこみ上げてくる涙を呑み込んだ。

今は辛くても、きっとすぐに忘れる。忘れて、以前のような日常に戻る。

だから、これでよかったんだ。

千秋は自分にそう言い聞かせ続けた。


「戻りました」

尚吾の明るい声に、千秋は背筋を少しだけ緊張させた。

「お帰りなさーい」

「吉川さん、差し入れありますよ」

「おっ、差し入れって何？」

ネクタイを緩めながら、尚吾は千秋の隣で自席の椅子を引く。

「……篠田さん、お疲れ様です」

「……お疲れさま」

パソコンから目を離さず、呟くように答えた自分の声はひどく硬い。

千秋の態度を気にした様子もなく、尚吾は差し入れを持ってきた女子社員と楽しそうに話し始めた。千秋は、努めて無関心を装う。

以前なら、飼い主の所へ戻って来た犬のようにうるさいくらいまとわりついてきたのに、今はもう、それもない。

仕事上で言葉を交わすだけの、ただの同僚。

それが、こんなにつらいものだとは、思ってもみなかった。

この状況を望んだのは自分だと分かっている。だから、笑いかけてくれないことに傷ついても、一人が寂しくても、こんなことは何でもないと言い聞かせるしかない。

尚吾と女子社員を頭から追い出して、やりかけだった報告書に向き直る。

無心にキーボードを叩いていると、いつの間にそんなに時間が経っていたのか、六時を知らせるチャイムがフロアに響いた。

「西門、今日週末だし、飲みに行くか？」

尚吾が身を乗り出すようにして、向かいの席の西門を誘う。

西門は戸惑ったように千秋と尚吾を見た。

「吉川さんから週末のお誘いって、珍しいですね。もちろんいいですけど、……いいんですか？」

「予定ないから誘ってるんだろ」

「いや、いいならいいんですけど」

西門は再びちらりと千秋を見て、鞄を手に立ち上がった。

お先に、と言いながら、二人が連れ立ってオフィスを出て行く。

千秋は知らずに詰めていた息をそっと吐き出した。

西門が不思議に思うのも尤《もっと》もだ。千秋にべったりだった男が、急に千秋と距離をとるようになったのだから。

ここ数日、突然疎遠になった千秋と尚吾について、営業部では口さがない噂や憶測が飛び交っていた。

千秋が尚吾の得意先を横取りしたとか、千秋の態度に尚吾がとうとう愛想を尽かしたとか、あきれるほど色々なパターンがあった。

元々千秋に対していい感情を抱いていない同僚が多いからか、噂は、千秋を悪く言う物ばかりだった。共に仕事をするようになって、周囲の冷たい視線も最近は和らいで来ていたように思っていたが、根本はあまり変わっていなかったらしい。

自分の悪口を言うことで彼らの気が晴れるのなら好きにしたらいいと思う。

ただ……、無性にタバコが吸いたくなる。

千秋は小さくため息をついた。

もう、帰ろう。

千秋はパソコンの電源を落とし、鞄を手に立ち上がった。お先に、と残っている社員に声をかけて会社を出る。

最寄り駅で電車を降りた千秋は、重い足取りで自宅への道を歩きながら、夕飯は何にしようかとぼんやり考えた。

手近なコンビニに入ってみるが、商品の並んだ棚を見ても、少しも心が動かない。仕方なく一番手前にあった弁当を買い、千秋はコンビニを出た。

坂道の上に立つ、築年数の古いマンションは、保証人が不要だったという理由だけで選んだ物件だ。

重い鉄製のドアを開け、冷え切った暗い室内に入ると、千秋はローテーブルに弁当を投げ出した。

買いはしたものの、食欲は一向に湧いてこない。

床に座り込み、千秋はネクタイを解くと電気もエアコンもつけないまま、タバコに火をつける。

――ちゃんと食べなきゃ駄目ですよ。

ふいに尚吾の声が聞こえた気がした。

叱られたような落ち着かない気持ちでタバコを灰皿で消し、千秋は袋から弁当を取り出すと、蓋を開けた。

海苔《のり》の張り付いたご飯に、魚のフライ、ポテトサラダ。肉より衣の方が厚い唐揚げ。全て一口ずつ口にして、千秋は箸を置いた。

おいしくない。

長年慣れ親しんだコンビニ弁当なのに、砂を噛んでいるように思えた。

食べる気が失せ、千秋は弁当をゴミ箱に放り込んだ。

ふと、キッチンに並んだ、二人分の食器や調理器具が目につく。

全部、尚吾が買ってきて、勝手に置いていった物だった。

千秋は料理ができない。食事も出来合いのもので済ませてきた。だから、この食器もフライパンも、きっともう使わない。

常夜鍋をしたときの土鍋。お揃いだと言いながら買ってきたマグカップと茶碗。肌触りの良いタオルと、歯ブラシ。

パジャマ代わりのスウェット、シャツにネクタイ、未開封の下着。

一緒に見たいと言って買ってきたＤＶＤに、部屋が殺風景《さっぷうけい》だからと持ってきた小さな観葉植物。

大きめの紙袋に尚吾の荷物を全て詰めると、千秋はその前にへたり込んだ。

尚吾が自分の生活に入り込んでいたことに、呆然とする。

きちんと線引きをしてきたつもりだった。

もう亮の時のような思いをしたくはないと、自分の領域に踏み込ませないようにしていたつもりだった。

いつの間に、自分はこんなにも尚吾に気を許していたのだろう。

千秋はどこかがらんとした部屋を見回した。

寂しい。

唐突に、そう思った。

「一人」は泣きたくなるほど寂しかった。

数日もすれば忘れると思っていた気持ちは日増しに大きくなるばかりで、一向に消える気配はない。

それどころか、日に日に、尚吾のことばかり考えるようになってしまっている。

尚吾の温もりに、「好き」という言葉に、自分はすっかり変えられてしまっていたのだと、千秋は今更ながらに気付いた。

会いたいし、触れたい。

いつか、尚吾は離れていってしまうかもしれない。それは怖いけれど、もしかしたら、その「いつか」は永遠に来ないかもしれないのだ。

携帯を手にして、しばらく迷った末、千秋はそれを置いた。

あんなに酷く拒絶しておいて、今更どんな顔で会えばいいというのか。

あの日、尚吾に言ったように、「千秋のことは好きじゃなかった」と思っていたら？

そう思うと、なかなか勇気は持てない。暗い部屋の中に座り込んで、千秋は一人、考え続けた。

尚吾のマンション前まで来て、千秋は足を止めた。

ずしりと重い紙袋の持ち手を、無意識にぐっと握り直す。どうしよう、と今更ながらに迷い、千秋はマンションを見上げた。

言い訳がましく持ってきた尚吾の荷物が、いっそう重さを増した気がした。

ドアを開けて、自分を見たときの尚吾を想像してみる。どんな顔をするのだろうか。嬉しそうな顔？　戸惑い顔？　それとも……。

一瞬の間の後、迷惑そうな顔をした尚吾を想像してしまい、千秋は俯いた。

迷って、悩んで、どうしても会いたくなって、来てしまった。荷物を返さなければならないからと、自分に言い訳をして。それなのに、いざすぐ傍まで来てみると、会ってどんな顔をしたら良いのかが分からない。

自分から尚吾を突き放しておいて、寂しくなったからもう一度話したいだなんて、虫がよすぎるのは分かっていた。

やはり、会えない。

会って荷物を返したら、本当に接点がなくなってしまう。

そう思い至った千秋は踵を返した。

足早に駅へ戻る途中、通りかかった公園に見知った人物を見付けて、千秋は思わず足を止めた。

横顔しか見えないが、間違いなく上司である君島梨花だ。

梨花は、酷く深刻そうな顔つきで、誰かと話をしている。

千秋の心臓が不穏な音を立てた。

気になって、ふらりと歩を進めた千秋は、木立に隠れて見えなかった人物を目にして、凍り付いた。

やはり、彼女と一緒にいたのは——尚吾だった。

尚吾と梨花の間には重い空気が漂っていた。

「そんな気はしてたんだけど、やっぱり、赤ちゃん出来てた。きっぱり別れようって決めて、会社も辞めることにした矢先《やさき》に、これだものね」

梨花は苦笑しながらそっと腹部に手を当てる。

「……産むんですか?」

「変なこと聞かないで。当たり前でしょ? 何、喜んでくれないの?」

「や……ていうか、あの……。その子の、父親って……」

それを聞いた瞬間、千秋の頭は真っ白になった。

梨花が何か答えて、尚吾が照れたような、嬉しそうな顔になる。

頭が割れそうに痛い。

これ以上、ここにいてはいけない。

話を聞いていたのがばれたら、二人を祝福しなければいけなくなる。そんなのは、無理だ。

酷く動揺して後ずさった千秋は、後ろから来た人にぶつかってしまった。

紙袋が地面に落ち、中身が勢いよく飛び出す。

「……すっ、すみません」

千秋とぶつかった男は、千秋の謝罪に軽い舌打ちを返し、そのまま行ってしまった。

震える手で飛び散った中身をかき集める。

尚吾がペアで買ってきたマグカップの縁が、少し欠けているのを見て、泣きたくなった。

「……篠田、さん？」

訝しげな尚吾の声に、千秋はビクリと身体を震わせた。

よりによってこんな会い方をするなんて、神様は意地悪だ。

荷物を手に立ち上がり振り向くと、公園の入り口に、尚吾が立っていた。何故ここにいるのかと問いた気な顔をしている。

「篠田くん？」

尚吾の背後からひょこりと顔を覗かせた梨花を見て、千秋は観念した。

「……すみません。立ち聞きするつもりは、なかったんですけど」

「もしかして、話、聞こえちゃった？」

「……すみません」

頭を下げ、千秋は強ばった顔に無理矢理笑顔を浮かべた。

「おめでとうございます。心配しないでください。俺、誰にも言いませんから」

何とかそれを言葉にすると、尚吾と目を合わせる。

「よかったな。これ、お前の忘れ物。返しに来た」

千秋は持っていた紙袋を押しつける。

反射的に両手で紙袋を受け取った尚吾が、中身を見てハッと息を呑んだ。

「それじゃ」

駅まで歩く気力はなく、タクシーを拾おうと大通りに足を向けた千秋は、腕を取られ強引に振り向かされた。

「よかったなって、どういう意味ですか？」

「どうって……そのまんまの意味だよ」

「待って、何か誤解してるでしょう⁈　俺、君島さんとは、ちゃんと――」

「どうでもいい」

尚吾が言いかけたのを千秋は遮った。

話を聞く心の余裕はなかった。

事の経緯を知らされる関係ではないし、聞きたくもない。千秋はちょうど走ってきたタクシーに向かって手を挙げる。

「千秋さん！」

尚吾を無視して、千秋はタクシーに乗り込み、行き先を告げた。

呆然とする尚吾を残し、タクシーが走り出すと、ほっとした。

やはり自分の選択は間違っていなかった。尚吾との関係を終わりにして、よかったのだ。

尚吾の想いに応えて付き合ったりしなくて、本当によかった。

目頭が熱くなり、頬が涙で濡れる。

自分は男だから、好きな人と結婚もできないし、子供も産めない。だから、いつも、自分は最後の相手になれない。

深い傷を負う前に終わりにしてよかったと心の中で繰り返しながら、千秋は泣き続けた。


ろくに眠れないまま、朝が来る。

アラームを消して枕元のスマホを手にすると、数件の着信と、メールが届いていた。

差出人は全て尚吾だ。それを無視して、千秋はベッドから下りた。

身支度《みじたく》を整え、ベッドの端に座ってタバコを一本吸った後、千秋は家を出る。

東京に出てきて七年、毎日繰り返してきた日常だ。

朝日を眺めながら電車に乗り、いつも買い物をするコンビニで、いつも食べている栄養補助食品を手に取る。

会社に着き、営業部のドアを開けた千秋は一瞬だけ足を止めた。

まだ始業には大分早い時間にもかかわらず、隣の席にはすでに尚吾の姿があった。

「おはようございます」

努めて無感情に挨拶をし、デスクのパソコンをつける。

静かなオフィスに、ブウンとモーター音が響いた。

「おはよう、ございます。あの……篠田さん、少しだけ、いいですか」

尚吾の方を見もせず、素っ気なく返すと、尚吾は分かりやすく肩を落とす。

「仕事の話なら」

「じゃあ、いつなら、時間もらえますか」

時間を作る気などない千秋は、尚吾の問いかけを無視した。

持ち帰っていた資料を取り出し、昨夜遅くまで作成していた報告書の仕上げにかかる。

「……弁解も、させてもらえないんですか……？」

「ただの同僚に、何の弁解が必要なんだよ」

不機嫌さを隠さずに言うと、尚吾があからさまに傷ついた顔になる。

冗談じゃない。亮も、尚吾も、どうして終わったことを蒸し返したがるのだろう。

謝ってもらっても、弁解されても、千秋の心は少しも軽くならないのに。

自分と平行して、梨花ともそういう関係だったのかもしれないが、付き合っていた訳ではないのだから、責める筋合いもない。

千秋が勝手に恋をして、失恋をしただけ。それだけの話だ。

「……篠田さん、」

尚吾がそれでも何か言いかけた時、営業部のドアが開いた。

「おはようございます」

同僚がぽつぽつと出社し始め、尚吾は諦めたように自分のデスクに向き直った。

事件が起きたのは、それから数時間後のことだった。

「えっ？　……それは、どういうことでしょうか……？」

隣で電話に出ていた尚吾が、俄に緊張した声色になる。

千秋を始め、社内にいた社員達は、そのただならぬ様子に思わず仕事の手を止めて尚吾を見た。

「それは……、ですが、仮契約の際にもそれはご説明して、ご了承頂いていたと思いますが……」

尚吾の顔がみるみる青ざめていく。

「……はい、はい……。あの、お忙しいところ恐縮《きょうしゅく》ですが、一度そちらにお伺いして、お話させて頂いてもよろしいでしょうか。一時間ほどで、お伺いいたします。いえ、よろしくお願いいたします」

「何かあったの？」

尚吾が電話を置くのを見て、梨花が声をかける。

「宍倉酒造が、契約を白紙に戻したいと言ってきました」

尚吾の一言に、チームだけでなく、耳をそばだてていた営業部全体がざわめいた。

プロジェクトは、すでに最終段階に入っている。

宍倉酒造の『若獅子』は、料理に合わせる日本酒からは外れたが、常時店に置く銘柄として仮契約も済み、近く、本契約を交わす予定でいた。

それなのに、今になって、どういうことなのか。

このまま契約が白紙になったら、『若獅子』の穴を、また別の銘柄で埋めなければならなくなる。酒蔵の仕込みが始まっているこの時期に宍倉酒造に抜けられるのは、大きな打撃だった。

「理由は？　何か言ってた？」

「……料理とのペアリングに選ばれなかったことに、社長が不快感を持っているとのことで……ペアリング以外での出荷は、しないと」

「何それ。どうして今になって？　仮契約の時に、あちらも納得してサインしたのよね？」

「はい。むしろ、常時店に置かれる方が出荷本数が多いと、喜んでいただいていたのですが……」

チームの沈黙を破るように、また電話が鳴る。

電話に出た三田がさっと表情を緊張させた。

「吉川さん、赤城《あかぎ》酒造からお電話だそうです」

「……赤城酒造から？」

赤城酒造は名の知れた日本酒を造っている蔵で、宍倉と同じく常時店に置く日本酒を卸してもらうことになっていた。

こんな時に、赤城が何の用事だろう。皆がそう思っていると、また電話が鳴る。

再び対応した三田が、困惑した顔になった。

「吉川さん、今度はふじの倉《くら》酒造店の専務からお電話が……」

背筋が、ぞっとした。

ふじの倉も、常時店に揃えておく予定の日本酒メーカーだ。営業部に転属になってすぐ、千秋も尚吾に連れられて、挨拶に訪れていた。

「……ふじの倉には、私が出ます」

千秋は緊張しながら点滅している外線ボタンを押す。

ハッとしたように、尚吾も赤城酒造からの電話を取った。

「お電話代わりました、篠田です。申し訳ございません、担当の吉川は、ただいま別の電話に出ておりますので、代わりに私がお伺いいたします」

『……どうも、お世話になってます、ふじの倉です』

電話口から、硬い声が聞こえてくる。それだけで、いい知らせではないことが分かった。

『ちょっと問題が発生しましてね、そちらに卸す予定の酒を、卸せなくなりそうなんですわ。申し訳ないんですが、今回の契約、なかったことにしていただけませんか』

「……それは、どういうことでしょうか。どのような問題か、お伺いしても？」

隣で、尚吾も似たような返答をしているのが聞こえる。

『まあ、製造上のことは素人《しろうと》さんにご説明しても分からないかと思いますので、その辺は。とにかく、そういうことですんで、本当にすみませんね』

「いえ、多分お聞きすれば分かると……もしもし？　専務？」

まだ話している途中でガチャリと電話を切られ、千秋は仕方なく受話器を戻した。

「篠田くん、ふじの倉は何て？」

「……契約を、なかったことにしてほしいと」

「赤城も、同じです」

電話を切った尚吾が、緊張した面持ちでそう告げる。

三件同時に断りの電話が来るなんて不自然だ。

三件とも、日本酒を飲まない人でも名前を聞けば分かるほど有名な銘柄で、それだけに供給も安定している。

レストランのオープンは一月。もう宣材写真やメニューなども刷り上がり、オープニングパーティーの招待状も発送済みだった。

こんな時期に三つも蔵が撤退するとなれば、何か問題を疑われ、業界内での評判はがた落ちになる。海外展開どころか、プロジェクト自体が潰れかねない。

「詳しいことが分からないから、先に情報収集しましょう。吉川くんは宍倉、西門くんは赤城、篠田くんはふじの倉へ行って、できるだけ聞き取りしてきて。もちろん説得もね。私は上に報告してから、仮契約中の残り二つの蔵へ行ってみます」

指示を出しながら、梨花はコートを手に取った。

「三田さんと長谷川さんは、会社に残って他の蔵が契約の反故《ほご》を言い出したりしないか、電話でそれとなく探って。戻り次第会議ね」

皆、慌ただしく準備を始める。

このままプロジェクトを潰れさせるわけにはいかない。

何とか説得しなければと思いながら、千秋は営業部を出る。

まるで千秋の心を映したかのように、外は凍えるように寒く、空はどんよりとした雲に覆われていた。

時計の針が翌日に回ろうかという時刻に、聞き取り調査の結果を書き出したホワイトボードを見つめ、梨花が疲れたようにため息をついた。

「つまり、今回の白紙撤回騒ぎは宍倉が発端《ほったん》ってわけね」

確証はなかったが、それぞれの蔵の言い分を聞く限り、そうとしか考えられなかった。

宍倉の社長は、八幡酒造の『暮』がペアリングに選ばれたことを聞きつけたらしく、味の分からない会社とは取引しないと激怒しているという。赤城とふじの倉は、「発生した問題」について言葉を濁すばかりで具体的な回答がなかった。

あまりしつこく聞いて不興を買っても困るので仕方なく引き下がったが、従業員の様子を見る限り、トラブルが発生しているようには思えない。

「赤城とふじの倉は、宍倉の社長とゴルフに行く仲だそうです。今回の件は、宍倉が仲間を誘って撤退を装い、自分の要求を押し通そうとしていると考えていいでしょう」

長谷川の推測に、誰もが頷くしかなかった。

「八幡酒造の『暮』がなければ、『若獅子』が選ばれていたと思っているんですかね」

椅子にだらしなく座った西門が不服そうな声を出す。

「そうでしょうね。……ピエールが『若獅子』じゃ嫌だって言ってることを知ったら、あちらは激怒して、本当に一本も卸さないって言い出すかもね」

「そうなったら、赤城とふじの倉の撤退も決定的になりますよ」

「宍倉を、何とか持ちあげることができればいいんだけど」

「それか、思い切って別銘柄に切り替えるか」

「今から？　メニューも刷り上がってるのに？」

「要は、宍倉・赤城・ふじの倉よりも話題性のある日本酒を契約できれば、責任問題には発展しないと思うんですけど」

西門は千秋をちらりと見た。

「西門くん、はっきり言って。何が言いたいの？」

「篠田さんのご実家って、あの篠田酒造なんですって？」

ミーティングルームがふっと静まりかえった。

「やだ、それは『そうだったら異動の理由も分かる』っていう、冗談だったじゃない」

西門の言葉を三田が笑い飛ばそうとして、誰も笑っていないことに気付き、口をつぐんだ。

「もしかして、君島さんも、吉川さんも、知ってたんですか？　水くさいなあ」

驚いた様子もなく黙ったままの二人を見て、西門は唇を尖らせた。

「……え？　ホントなの？」

「らしいですよ。俺は総務の同期から聞いたんですけど」

「ホントなら、どうして黙ってたんですか？」

不信感も露わな視線を、三田が千秋に向ける。

「ですよね。篠田酒造の御曹司なら、会社のために出せるんじゃないですか？『志乃田』。ていうか、そのために異動してきたんでしょ？　コネで異動してきた癖に、こういうときにそのコネ使わないで、いつ使うんですか」

黙って聞いていた千秋は、内心ため息をついた。

千秋にとってはコネ移動どころか、望まない移動でしかなかったのだし、実家を頼るつもりは毛《もう》頭《とう》ないのだが、それは言っても分からないだろう。

第一、一本二本の話ではないのだから、コネでどうにかなる問題ではない。

何とか言ってくださいよ、とせっつかれて、千秋は仕方なく重い口を開く。

だが、千秋が何か言うよりも先に、「西門」と尚吾の諌《いさ》める声が上がる。静かだが、奥底に怒りを孕んだその声色に、誰もがハッと顔を上げた。

「篠田さんには篠田さんの立場も、考えもある。それに、今決まっている銘柄は、皆で何度も相談して決めた酒だ。代替案より前に、蔵の説得が先だろう？　今のお前の発言は、篠田さんだけじゃなく、俺たちチームの仕事を冒涜《ぼうとく》したことになるんだぞ」

「……でも」

「言い訳はいい。二度と言うな」

尚吾の静かな怒りに気圧されて、西門が不満そうにしながらも口をつぐむ。

今のは、千秋を庇ってくれたのだろうか。

いや、チームの仕事を思い、出た発言だろう。そう思いながらも、千秋はむずがゆいような嬉しさを感じた。

尚吾のそういう真っ直ぐなところが、千秋には眩しかった。

「理由が何だったとしても、相手にごねる隙を与えたのは、本契約をさっさと済ませなかった担当の、俺の責任です。ご迷惑おかけして、すみません」

尚吾は立ち上がると、深々と頭を下げる。

「そんなぁ、別に吉川さんのせいじゃないですよ〜！」

「そうですよ、企業間の取引にはよくあることです」

「とにかく、宍倉を説得できれば何とかなりそうだし、頑張りましょ！」

深夜にもかかわらずテンションが高い三田と、それまで黙ってみんなの話を聞いていた長谷川が、口々に尚吾を慰めた。

しかし、尚吾の表情は冴《さ》えない。

それも当然だ。オープニングパーティーのことも考えれば、一週間以内に事を納めなければならない。

それに――。

千秋はホワイトボードにちらりと目をやり、ひっそりと唇を噛んだ。

このまま契約自体がなくなれば、宍倉も赤城もふじの倉も、丸損《まるぞん》になるはずだ。守銭奴《しゅせんど》で有名な宍倉の社長が大口の契約をわがままで反故にするとは思えなかったし、親しいからというだけで、赤城とふじの倉が協力するとも思えない。

何かが、引っかかる。

それが何なのか分からないまま、千秋は不安な気持ちを抱え、じっとホワイトボードを見つめ続けた。


「今回の件、さすがにやばいんじゃない？」

休憩所の喫煙ルームで、同じ営業部の社員達がそんな話をしている。

「だよなあ。このままだと、プロジェクト自体が白紙だろ」

「そうなったら、吉川は君島さんもろとも、左遷《させん》かな」

二人とも、心配しているそぶりではあるが、そうなったら面白いという内心が透けて見える口ぶりだった。

二人は千秋がすぐ傍にいるのに気付かず、営業部で流れている噂を口にし始める。

宍倉酒造の『若獅子』を貶《けな》したのが相手にばれてしまったとか、尚吾が蔵の一人娘を振って社長を怒らせたとか、どれも根拠がなく、聞くとも無しに聞いていた千秋は、うんざりした。

同じ会社の、同じ部署で働いていて、よくもそんな軽口が叩けるものだ。

まだ半分も吸っていなかったタバコを消して立ち上がると、千秋の存在に気付いた二人がぎょっとした顔になる。

二人を冷たく一瞥して、千秋は休憩所を出た。

営業部へ戻ると、目の下にクマを作った尚吾が、電話で誰かと話している。

表情を見るに、状況は芳《かんば》しくないようだった。

レストランのオープン時期をずらせないこちらの足元を見て、宍倉はかなりの無理難題を言ってきている。まるで、取引をするつもりもない相手をからかって遊んでいるかのようで、腹立たしいことこの上なかった。

各関連部署への謝罪と説明、上役を交えての会議、一向に譲歩する姿勢を見せない宍倉との交渉……。

責任は自分にあるからと、宍倉に関する全ての仕事を引き受けている尚吾は、ここ数日あまり眠れていないようだ。

尚吾のデスクは荒れ、千秋が飲むと「身体に悪いですよ」と怒っていた栄養ドリンクの空き瓶が、何本も置かれたままになっている。

いつもぱりっと糊《のり》のきいたシャツを着て、キラキラしていた男は、日に日にやつれ、見る影もなくなってきている。

「……大丈夫か？」

思わず声を掛けると、尚吾はハッとしたように千秋を見た。

だが、すぐにその目は逸らされ、尚吾は疲れきった顔で「大丈夫です」と頷いた。

「すみませんじゃないよ！」

突然ミーティングルームから怒鳴《どな》り声が聞こえて、千秋は顔を上げた。

梨花が営業部の部長に頭を下げているのが、ガラス越しに見える。

「大体ね、元々宍倉酒造に決まっていたのを、無理矢理無名の酒に変えたりするからこういうことになるんだろ！　いいか、海外での事業展開を目指してた案件なんだぞ？　社の命運がかかってるんだ！　プロジェクトが潰れたら、どう責任とるつもりなんだ！」

ひたすら頭を下げ続ける梨花を見ていることしかできない自分が歯痒《はがゆ》い。

そっと隣の尚吾を窺うと、思い詰めた顔をしていた。

「仕事ができるなんて言われてるけど、やっぱ女はダメだな」

「いつか大きいトラブル起こすんじゃないかって思ってたよ」

ひそひそと、揶揄するように誰かが言うのが聞こえて、千秋は思わず振り向いた。

それを言ったのが誰かは分からなかった。だが、どうしても許せず立ち上がる。

「おい、今陰口叩いたヤツ、誰だよ」

フロアを睨み付けると、営業部内がしんと静まり返った。

「無駄口叩いてる暇があるなら、仕事しろよ。あと、女はダメとか言ったヤツ、お前こそ、その『女』より上に行けない能なしだってこと、自覚しろっ！」

普段物静かな千秋の怒りに、数人が気まずそうに視線を交わした。

それをきっかけに、ミーティングルームに気を取られていた社員達は仕事へ戻っていく。

腰を下ろした千秋は怒りを静めようと、猛然《もうぜん》とパソコンに向かった。

「篠田さん」

向かいの席の三田が、そっと声をかけてくる。顔を上げると、三田は嬉しそうにふふっと笑った。

「今の一言、スカッとしました」

「……どうも」

「篠田さんの正論も、こういう時にはいいものですね」

「……」

それは褒められていない気がするが……、と思ったその時、バタバタと西門が営業部のフロアに飛び込んで来た。

「大変！　大変です！」

一体どこから走ってきたのか、西門は肩で息をしている。

「し、宍倉と、赤城と、ふじの倉が、いきなり、契約反故にしてきた理由、分かりました」

西門は日本酒の専門雑誌を取り出す。

乱暴に雑誌をめくって開いたページには、フランス料理のシェフと、居酒屋チェーンで財をなした有名な企業の社長の対談が載っていた。

「見てください、これ」

「……フランス料理と、日本酒のコラボレーションを楽しんでもらう、新しいスタイルの居酒屋を展開？　……何これ、うちと全く同じじゃない」

「そうなんですよ。さっき、赤城酒造に行ったら、『実は、宍倉さんから、こっちに鞍替《くらが》えしないかって誘われた』って、教えてくれたんです」

「それって……」

「つまり、宍倉は、もううちとは契約する気がないってことだな」

尚吾が暗い声を出す。

ダメならダメでさっさと言えばいいものを、気にくわないことがあったからとこんな風に嫌がらせをしてくるなんて、蔵人の風上《かざかみ》にも置けない。

胸の内に怒りがこみ上げてくる。

そういう卑《いや》しい性根は、酒の味にも出る。

だから『若獅子』は、いつまでも『志乃田』の劣化コピーと呼ばれるのだ。

ぎゅっと拳を握って、千秋は机の上の資料に目をやった。

「……だけど、ここで三社に抜けられた穴を、どうやって埋めれば……」

尚吾がぽつりと零すと、チームは重い空気に包まれた。

コラボレストランのオープンまで、あとひと月。

本当にダメになった時に備えて、いくつか酒蔵をピックアップしてはいるが、契約は、難しいだろう。

酒の仕込みはすでに佳境《かきょう》に入っているからだ。当然、人気銘柄は出荷先も決まっていて、千秋の会社のような大口の、新規が参入する隙間はない。

気弱になった心に、ふと、実家を頼れないか……という考えが過る。

千秋が頭を下げれば、実家はこのプロジェクトに協力してくれるかもしれない。

宍倉の穴埋めに篠田酒造が入るのは、会社としても、願ってもないことだろう。

そこまで考えて、千秋は首を振った。

七年も音信不通だった自分のことを、家族がどう思っているのか、分からない。

特に、父は頑固で、古い考えに凝り固まった性格だ。親不孝者と罵《ののし》られ、二度と帰ってくるなと言われても、おかしくはなかった。

それに、実家に帰るということは、亮と顔を合わせるということだ。

亮は篠田酒造の専務だと名乗っていた。だとすれば、亮を通さずに、プロジェクトの話は進められない。

もう亮に恋愛感情は抱いていないのに、それでも、まだ冷静に話をできる気がしなかった。

「大丈夫ですか、吉川さん？　顔、真っ白ですよ」

「……ああ、大丈夫」

尚吾は全然大丈夫ではなさそうな顔で西門に頷き、手元の資料をめくりはじめた。

無理をおして仕事を続けようとする尚吾に、胸が苦しくなった。

尚吾のために、自分ができることは、何だろうか。

考えても、考えても結論は出ず、苦い思いが胸の中に広がっていく。

翌日は、都心には珍しく、朝からみぞれ交じりの雪が降っていた。

相手が大手居酒屋チェーンと取引を進めていると分かった以上、このまま話し合いを続けるのは時間の無駄だと、正式に宍倉、赤城、ふじの倉との契約破棄が決定された。

だからといって、事態がいい方向へ舵《かじ》を切ったわけではない。

数日のうちに、この三社に代わる酒蔵を探さなければならないのだ。

蒼白な顔で契約破棄の報告を聞いていた尚吾は、高熱を出していた。それでも仕事を続けようとしていたが、「部内にウィルスをまき散らすな」と梨花に帰宅させられた。

それを「自宅待機処分」と言い出す社員に、千秋は朝から苛立っていた。

プロジェクトは予定通り進められるのか、宍倉が抜けたことによる会社の損失はいくらになるのか、社内中がその話題で持ちきりで、口さがない噂話が飛び交っている。

「篠田くん、この後ちょっと、時間ある?」

梨花に声をかけられたのは、正午を少し過ぎたころだった。

頷くと、昼食を一緒に取ろうと誘われる。チーム全員で食事をすることはあっても、二人で食事に出たことはない。怪訝に思ったが、何か話したいことがあるのだろうと、千秋は素直に頷いた。

「悪いんだけど、後で、吉川くんの様子を見て来てもらえないかな」

会社から少し離れた所にある、古びた雰囲気の喫茶店に腰を落ち着かせると、開口一番梨花はそう言った。

「……どうして、私が？　君島さんが行った方が、喜ぶと思いますが」

千秋はやんわりと梨花の申し出を断った。

千秋と尚吾の関係を知らないとは言え、残酷なことを言うものだ。

妊娠しているから、病気の尚吾の面倒は見られないとでもいうのだろうか。

「どうしてって……。吉川くんと付き合っているのよね？」

千秋は取り繕うことも忘れて、まじまじと梨花を見つめた。

「そういう雰囲気って、結構分かるものよ。……なんてね。本当は、この前篠田くんが持ってきた荷物を見て、ピンときたの。何だか揉めてたけど、仲直りはできた？」

「男同士で付き合うとか、ないですよ」

精一杯冷静さを装って、千秋は震える唇を笑みの形にして見せた。

否定しなければ、「尚吾は男と付き合っていた」と思われてしまう。一時別れていたとはいえ、お腹の子の父親が男同士でそういう関係にあったなんて、梨花もいい気はしないだろう。心臓がバクバクと早鐘《はやがね》を打ち、指先が、どんどん冷たくなっていく。

「そんなに警戒しなくても、誰にも言わないわよ。『好き』の形は色々だもの」

運ばれてきたナポリタンをフォークで絡め取りながら、梨花はにっこりと笑った。

「篠田くんには色々ばれてるから話せるけど、私の方が年上で、しかも上司でしょ。私と付き合ってた時の吉川くんって、どこか無理してるような感じがあったのよね。何ていうか、こう、上から下まで隙なくキメてる感じ、っていうのかな。でも、篠田君といるときは、仕事中でも年相応に見

喫茶

えるの。だから、よかったなって思ってた」

「……」

「私が言うのも変だけど、これからも、吉川くんのこと、よろしくね」

「よろしく、と言われても……」

千秋と尚吾が付き合っていると断定して話を進める梨花に、千秋は戸惑いを隠せなくなり、食べかけていたパスタのフォークを置いた。

「本当に、僕と吉川とは、そういう関係じゃありませんから。一時期親しくしていたのは確かですが、それも、もう終わりにしたので」

「終わりにしたって、どうして?」

「それは……、いろいろあって」

梨花は少し迷ったように視線を揺らすと、カチャリとフォークを置く。

「私ね、ずっと不倫してたの」

突然そんなことを言い出した梨花に、千秋は固まった。

「相手は新人の頃に私を指導してくれた人で、出会ったときはまだ独身だったんだけど、身体の関係から始まっちゃったから『好き』って言えなくて。そしたら、先輩、同期と結婚しちゃった。そこで終わりにすればよかったのに、ずるずると身体の関係だけは続けちゃったの。彼が海外転勤になって、それを機に一度は関係を清算して……吉川くんに告白されたのは、ちょうどそのころ」

海外転勤、と聞いて、千秋は昨年アメリカへ転勤になった、元営業部の男を思い出した。

少し、意外だった。人のよさそうな、家族を大切にしそうなタイプに見えたから。

「吉川くんと真面目に向き合うつもりだったんだけど……結局、彼のことが忘れられなくて、彼が出張で戻ってくる度にまた会うようになっちゃった。その結果が、この子よ」

梨花は幸せそうな、困ったような、複雑な顔でお腹を撫でた。

千秋は混乱した。どういうことだろう。結果がこの子、というのは、子供の父親は梨花が不倫していた先輩、ということだろうか？

「……子供の父親は、吉川じゃないんですか？」

テーブルから半分身を乗り出すようにして聞く千秋に、梨花は目を丸くした。

「もしかして、ケンカの原因って……。不安にさせてごめんなさい。吉川くんの子供じゃない。それだけは断言できるから」

「でも、吉川が、『俺の子ですか』って聞いて……」

「その後の私の台詞《せりふ》は聞かなかったの？　日数が合わないのよ」

あの時、梨花に「俺の子ですか」と聞いた尚吾は、答えを聞いて照れたような、嬉しそうな、どこかホッとしたような顔をしていた。

あれは……。尚吾のあの笑顔は、自分の子供が出来た喜びからでは、なかったのか。

苦い気持ちが胸の奥からこみ上げてくる。

尚吾はきっと、千秋の誤解を解こうとしてくれていた。

それは、尚吾が千秋の傷を知っていたからだろう。

もし、尚吾が自分を引き留めたあの時に、怖がらずにちゃんと話をしていたら、もしかしたら今、自分たちは違った形で向き合えていたのかも知れない。

「先輩とはきっぱり別れたわ。この子が私のお腹にいることも、彼は知らない。初めから父親がいないで生まれてくるこの子には、可哀想だけど……でも、私一人でも満足してくれるくらい、愛情たっぷりに育てるつもり」

もう散々悩んで、出した結論なのだろう。梨花の顔は、明るく晴れやかだった。

「今でも時々後悔するの。素直に好きって言えてたら、彼が結婚するって聞いたときに、私との関係はどういうつもりだったんだって問い詰めてたら、もっと違う形でいられたかもしれないなって」

脳裏に、亮と妹の顔が浮かんだ。

あんなに好きだったのに、「結婚する」と言われたとき、千秋は亮と話そうともしなかった。

逃げて逃げて、結果、七年経った今でも、どうして自分が捨てられたのか分からずに、立ち止まったままでいる。

好きです、といってくれた尚吾の顔がちらつく。

もう遅いかもしれない。

でも、もしまだ間に合うのなら、傷ついてもいいから、話したい。

いてもたってもいられず、椅子から腰を浮かせる。

「午後、半休をいただいてもいいでしょうか。……様子を見に、行ってきます」

「もちろんよ」

「それから」

　言いかけて、千秋は一度口をつぐんだ。本当にそれでいいのか、まだ、迷いは消えない。けれど、亮と話をしなければ、きっとこの先も、何も変えられない。

　覚悟を決めて、千秋は梨花をまっすぐ見つめた。

「明日、お休みをいただいてもいいでしょうか」

「明日？」

「はい。一度、実家に……、篠田酒造に行ってきたいんです」

「それは、今回のプロジェクトのため？」

「……すみません。実家とはずっと疎遠なので、仕事の話が出来るかは分からないんです。でも、今の自分を変えるために、越えなきゃいけない壁が、あって」

　お願いしますと頭を下げると、梨花はしばらく考え込んだ後で、綺麗な笑顔を浮かべた。

「わかった。仕事のことは考えなくていいから、その壁をぶち破ってきなさい」


　まだ日の高い時間に、スーパーにいる自分に違和感を覚えながら、千秋は体調不良の時に口に出来そうな物を、手当たり次第かごに放り込んだ。

　だいぶ重くなってしまったスーパーの袋を手に、尚吾のマンションへ向かう。

　ドアの前に立ち、千秋は一度大きく深呼吸をしてからインターホンを鳴らした。

物音のしない室内に首を傾げ、もう一度鳴らしてみる。部屋にいないのだろうか。このまま帰るべきか否かを決めかねていると、前触れもなくドアが開いた。

「……はい」

寝起きの、不機嫌そうな声で出てきた尚吾は、千秋を見るなり固まった。

千秋を見て、千秋の手にしているスーパーの袋をみて、それからもう一度千秋を見る。

状況を把握したのか、尚吾の顔が、困惑したような、怒ったような顔に変わっていく。

「……何ですか」

不機嫌な声に後ずさりしかける自分を叱咤《しった》して、千秋はスーパーの袋を掲げて見せた。

「体調が悪いって聞いたから、様子を見に来た」

「……もう、大丈夫ですから。帰ってください」

「大丈夫って顔じゃないだろ」

ドアを閉められそうになって、千秋は慌てて身体をドアの隙間に滑り込ませた。

尚吾は露骨にため息をつくと、諦めたように千秋に背を向けて部屋の中に戻ってしまう。

後を追って中に入った千秋は、驚いた。いつも、尚吾の部屋は塵《ちり》一つなく、モデルルームのような綺麗さだった。それが、今は、シンクに汚れ物がたまり、缶ビールの空き缶やら、弁当の食べ残しやらが放置されている。

いつから洗濯していないのか、洗濯かごには脱ぎ捨てられたままの服が山を作っていた。

「何か食べたか？　薬は？」

冷蔵庫を開けてみると、中には調味料しか入っていなかった。キッチン台の上に、帰りがけに買ったと思しき、未開封のコンビニ弁当と風邪薬が、どちらも手つかずのまま置かれていた。

少しでも何か口にした方がいいと思い、千秋はフルーツの缶詰とスポーツドリンクを手に、寝室に入った。

尚吾は頭から布団を被り、丸まっている。

「桃缶とミカン缶、買ってきた。どっちがいい？」

「いりません」

布団の中からくぐもった声が答える。

「何も食べてないんだろ？　そんなんじゃ、治らないぞ。どっち？」

「……桃で」

強めに布団を引っ張ると、尚吾は渋々布団から顔を出す。寝癖のついた髪の毛が、子供みたいだと思った。ふいに、愛おしい気持ちがこみ上げてくる。髪の毛をそっとなでつけてあげたい衝動をこらえ、千秋は桃缶を開けた。

「ほら」

桃にフォークを刺して差し出す。尚吾は眉間に皺を寄せたまま、それを受け取った。

無言で二つほど食べ、千秋が渡したスポーツドリンクも、解熱剤も、素直に飲む。体温計を渡して熱を計らせると、三十八度を超えていた。

再び横になった尚吾がもぞもぞと動き、千秋に背を向ける。

「……俺のこと、笑いに来たんですか」

「え？」

「仕事が出来るって評価されて、調子に乗ってるから大事な契約を落とすんだって、みんなが陰口叩いてるの、知ってます。千秋さんも、そう思ってるんでしょう」

投げやりな口調に、千秋は胸が痛くなった。

契約の白紙に加え、同僚の心ない言葉に、尚吾は傷ついている。

「そんなこと、思ってない」

「嘘です。俺のことずっと避けてたくせに、こういう時に来るなんて、笑いに来たとしか思えません」

潤んだ目で千秋を睨み付ける尚吾の頭を、千秋はぺちっと軽く叩いた。

「被害妄想も大概にしろよ」

「被害妄想じゃないです。もういいから、帰ってください」

「はいはい、分かったから。もう寝ろ」

尚吾はふてくされたように黙った。しばらくして静かな寝息が聞こえてくる。

千秋はほっと息をついた。

思えば、いつも穏やかで優しかった尚吾が、こんな尖った態度をとるのは初めてだ。

熱で気持ちが弱っているのだろう。

自分を守ることに必死で、尚吾を傷つけてしまったことを、今更ながらに後悔する。

今までのことを謝って、今度は自分から、ちゃんと、好きだと尚吾に伝えなければ。もう好きじゃないと言われてしまうかもしれない。勝手だと詰《なじ》られるかもしれない。それでも、尚吾がしてくれたように、一生懸命自分の気持ちを伝えよう。それで駄目だったら、仕方がない。

千秋は一人頷くと、そっとベッドから離れた。

尚吾が眠っている間に、荒れ果てた部屋を少しでも綺麗にしようと、まずはキッチンのシンクに溜まった洗い物から手をつける。

皿を洗い、ゴミをまとめ、床を拭いて、バスルームとトイレの掃除が終わる頃には、あたりはすっかり暗くなっていた。後は、明日の朝、洗濯機を回せば終わりだ。

掃除のためにまくっていたワイシャツの袖を元に戻し、千秋は尚吾の様子を伺う。

千秋が立てる物音にも目覚めた様子はない。

汗の浮かんだ額を冷たいタオルでそっと拭うと、ふと、尚吾が目を開けた。

千秋をじっと見つめて、少しだけ悲しそうな顔になる。

「……どうして、いるんですか」

「心配だったから」

「そういうの、いいですから。もう、放っておいてください。どうせ、体調がよくなったら、また俺のこと避けるくせに」

刺々《とげとげ》しい声に、千秋の心が竦む。逃げ出しそうになる弱い自分を、千秋は叱咤した。

何を言われても、逃げないでちゃんと向き合うと、決めたのだ。

「……ごめん。もう、避けたりしない」

熱のせいか、それとも感情の揺れからか、尚吾の目は涙で潤んでいる。

ベッドの端に座って、汗でしっとりと濡れている頭をそっと撫でた瞬間、千秋は腕を取られ、ベッドに押し倒されていた。

「もしかして、身体が寂しくなっちゃいました？　見舞いにかこつけて、抱かれに来たの？」

尚吾は千秋のネクタイに手をかけた。

「千秋さん、淫乱ですもんね。急に家に来るなんて、セックス以外考えられない」

ネクタイを緩め、ワイシャツの前を開こうとする手を、千秋はそっと握った。

「それで吉川の気が晴れるなら、好きなだけしていい。俺のこと罵りたいなら、そうしてくれて構わない。でも、今は駄目だ。元気になって、それからな」

千秋は手を伸ばし、尚吾の頬に触れた。

尚吾がくしゃりと顔を歪め、それから、覆い被さるようにして、千秋を抱き締めてくる。

いつもよりもずっと高い体温が、布越しに伝わってくる。

汗をかいているせいか、尚吾の匂いがいつもよりも色濃く千秋を包み込む。

「ずるいです。俺のこと好きじゃないなら、優しくしないでください」

酷く弱った声で言われて、千秋は「ごめん」と呟いた。

好きだ、と言ってしまいたかった。

でも、どうしても、言えなかった。自分はまだ、過去と向き合っていない。きちんと過去を終わらせてから、尚吾に好きだと言うべきだと思うから。

「逃げて、ごめん……」

「俺、千秋さんを裏切ったこと、ないです。君島さんの子供の父親は、俺じゃない。信じてください」

「……今日、君島さんから、聞いた」

頷くと、尚吾は安心したように、ほんの少し腕の力を緩めた。

「関係は終わったんだから、誤解を解かなくてもいいんじゃないかって、何度も思いました。でも、亮さんと同じ裏切りをしたって、どうしても思われたくなかったんです。千秋さんのことが好きだから、誤解されたままなのは、嫌だった」

尚吾の、千秋を抱き締める腕の力が強くなった。

「好きです。千秋さんにきっぱり振られて、諦めようとしました。でも、できない。好きなんです。諦められない」

嬉しくて、心がとろけてしまいそうだった。

同性しか愛せない自分が、二度も好きな人に好きだと言ってもらえた。なんて幸せなんだろう、と素直に思う。

「……ありがとう」

千秋はいつまでも抱き合っていたい気持ちを抑えて、そっと尚吾の体を押した。さっき計ったときよりも、尚吾の熱が上がっている気がする。

「……千秋さん」

「熱が下がったら、ちゃんと、話そう」

千秋はベッドを降り、尚吾を寝かせた。

買ってきていた冷却シートを貼ってやる。

「もう少し眠れ」と掛け布団を軽く叩くと、尚吾は布団から手を出して、千秋に握ってほしいと言ってきた。

子供のようだと思いながら、千秋は望み通り、尚吾の手を握った。

「……眠るまで、そばに、いてください」

うとうとしながら尚吾が甘えた声を出す。

「いるよ」

頷くと、尚吾は安心したように眠りに落ちてしまった。

千秋は眠る尚吾の顔をじっと見つめた。

尚吾のことが、好きだ。

どんなに好きでも、いつか亮のように、尚吾が離れていく日は来るかもしれない。

でも、それでも、それまでは尚吾を愛したいし、愛されたい。離れてしまったことを、後悔したりしないように。

東京とは桁違いの、肌を刺すような寒さが何だか懐かしい。

寒さで曇った眼鏡を拭き、千秋は顔を上げた。

雪に同化するように続く白壁。その奥に見える古びた蔵からは、もうもうと白い湯気が立ち上っている。実家は、千秋の記憶そのままではなくなっていた。

以前は老夫婦の畑だったところに、真新しい工場が建っている。

工場の壁には、「篠田酒造」と看板が掲げられていた。

七年。その年月の長さを、千秋は一人噛みしめながら、椿が植えられた実家の門をくぐる。

家族には、どんな反応をされるだろうか。

全く連絡せずにいたのだ。お前なんか息子じゃないと言われるかもしれない。出て行けと、追い出されるかもしれない。

急に怖くなって、帰ってしまおうかと考える。

しかし、その思いを、千秋は打ち消した。逃げ続けた自分を変えるために来たのだ。そう自分を叱咤しながら、がらりとガラスの玄関戸を引き開ける。

事務所や蔵ともつながっている、広い石造りの土間は、千秋が家を出た当時のまま、全く変わっていなかった。

感慨に浸りながら室内をぐるりと見渡していると、事務所の戸が開いた。

ぴょこっと顔をのぞかせたのは、まだ小さな女の子だった。

三歳くらいだろうか。千秋に驚いて、その場で固まっている。

一目見て、亮と千春の子だと分かった。少し垂れ気味の目元は亮に、意思の強そうな口元は千春に、よく似ている。当然、七年前のあの時にお腹に宿った子ではないだろう。

二人目……いや、もしかしたら、もっと兄弟は多いかも知れない。

二人は上手くいっているんだな、と千秋は思った。少しだけ寂しくはあるが、どこかホッとしている自分にも気付いて、千秋は口元に笑みを浮かべた。

よかった。二人の仲が、一時の過ちで終わってしまうものではなくて。

「……お父さんかお母さん、いるかな？」

聞くと、女の子は頷いて、事務所の中へ引っ込んだ。「ママ、おきゃくさん」と言っている声が聞こえる。

「すみません、気付かなくて……」

慌ただしく事務所から出てきたのは、想像していたとおり、妹の千春だった。七年前よりも少し痩せた千春は、尚吾を見るなり目をまん丸にした。

「お、お、お兄ちゃんっ⁈」

金切り声のような声に、事務所で何かが落ちたような音が続き、高齢の女性――母が飛び出してきた。

「千秋！　あんた、あんた……」

「……ごめん」

千秋に飛びつき、泣き崩れる母の、以前より小さくなった背中を撫でる。

こんなに悲しませていただなんて、思わなかった。

千春が泣きながらどこかに電話して、数分も経たないうちに、玄関先が騒がしくなる。

転がるようにして玄関に飛び込んで来た父に、千秋は深く頭を下げた。

父の目に、ぐわっと怒りのような、喜びのような感情が湧き上がった。

「千秋っ、この、親不孝モンがっ！」

力一杯千秋の頬を張ったあと、父は気が抜けたように、ぼろぼろと泣きだした。

そんな父に老いを感じて、千秋は切なくなった。

父の背中を支えていた亮は、千秋と目が合うと、泣きそうな顔で笑った。

「……お帰り」

「……ただいま」

静かに答えた千秋に目を瞬かせ、それからこらえきれなくなったのか、亮は顔をくしゃくしゃにする。感動屋で泣き虫なところは変わっていないようだ。

それからは、蔵中が大騒ぎだった。

騒ぎに気付いて様子を見に来た蔵人たちは、みな一様に千秋の姿に驚き、帰って来たことを喜んでくれた。

父は「千秋が帰って来た」と近所に電話をかけまくると、寿司屋に特上寿司を注文し、杜氏は蔵の奥から『志乃田』を始め、父の秘蔵の酒まで出してきて、あっという間に宴会の準備が出来上がってしまった。

どんなに罵られても頭を下げ続ける覚悟をしてきたのに、想像以上に歓迎されて、千秋はむず痒い気持ちになる。

「あんた、亮くんに聞いたけど、今東京にいるんだって？　生活できてるの？」

母は隣に座ると、心配そうに千秋の頬を撫でた。

「今は『ニックナックストアジャパン』っていう会社で、営業の仕事をしてる。心配しなくても、ちゃんとやってるよ」

「亮くんから聞いたよ。長岡の駅ビルに入ってる『E&W.W.W』って、お兄ちゃんの会社のお店なんでしょ？　あそこ、珍しい輸入食材が色々あって、あたしよく行ってたんだよ！」

だっこをせがむ子供を抱えながら、妹の千春が興奮気味に言った。

途中で亮と千春の上の子供二人が幼稚園から帰ってきて、家の中はさらに賑やかになる。

日本酒の栓が次々と開けられ、これはどこの何の酒と蘊蓄《うんちく》を語りながらどんどん杯を重ね、夕方になる頃には、父と杜氏はべろべろに酔っ払ってしまっていた。

「あの人達があんなに飲んだの、亮くんと千春の結婚式以来じゃないかしら。まあ、今日はしょうがないわね。千秋が帰ってきたお祝いだもの」

少し呆れたように、母が笑う。

「あんた、今日、泊まってけるの？」

「いや、明日も仕事だから、そろそろ帰るよ」

「そんなこと言わないで、ゆっくりして行きなさいよ！　亮くんとだって、積もる話もあるでしょうに」

何の気なしに母に言われて、千秋はドキッとした。

顔を上げると、千春の隣に座っている亮と目が合う。亮はさっきから一口も、酒を口にしていなかった。

考えていることは、多分同じだ。

「そういうわけにもいかないよ。サラリーマンだからね」

千秋は「いい時間だから、そろそろ」と立ち上がった。

プロジェクトの話をできたらと思っていたが、みんなの楽しそうな顔を見ていると、水を差すのは気が引けた。

「待て待て、千秋。おい、亮、あれ持って来い」

酔っ払った父がそう言って、千秋を引き留める。

「あれだよ、ほら、お前が作った……」

「……お義父さん、あれは、まだ」

「いいから、持って来いって」

少し迷った様子を見せつつも、亮が部屋を出て行く。戻って来た亮の手にあったのは、酒瓶だった。

ラベルも何も貼られていない、緑色の瓶。亮の手からそれを受け取って、父は新しい猪口《ちょこ》に、愛おしそうにそれを注いだ。

「千秋、飲んでみろ」

ぐいっと差し出されて、思わず受け取る。

亮が背筋を伸ばし、緊張するのが分かった。

首を傾げながら杯を口にして——千秋は杯を机に置いた。

すぐには言葉が出ない。

篠田酒造を長らく牽引《けんいん》している『志乃田』とは、全く違う酒だった。

きりりと引き締まった味わいの『志乃田』とは真逆の、しっとりとした柔らかい旨味。それでいて、後味はどこまでも爽やかで、舌に雑味が残らない。どんな料理にも合いそうな、不思議な酒だ。

「……これだ」

素人にも飲みやすく、それでいて、玄人《くろうと》にも嫌われない味。自分なら、「とりあえずビール」の感覚で、絶対に頼んでしまうだろう。

「この酒は？　篠田酒造の酒？」

勢い込んで聞くと、父はにやりと笑った。

「それは亮の酒だよ。『千々《ちぢ》』って名前だ」

「『千々』……」

「分かるだろ？　千秋の『千』と、千春の『千』から取ったんだよ！　お前と酒を造りたかった亮が、一人で作った酒だ」

千秋は目の前の酒瓶をじっと見つめた。

——俺が蔵元でお前が杜氏。父さん達の『志乃田』みたいに、いつか「俺たちの酒」を作ろうな——

懐かしい記憶が、千秋の脳裏に蘇った。

そうするのだと信じていた。

そうじゃない未来が来るのだとは、想像もしていなかった。

あの約束の酒を、亮は、たった一人で作ったのか。

じわりと目頭が熱くなる。

「お前、戻って来て、亮と酒造りをする気はないのか」

千秋は父の目を見つめながら、ゆっくりと首を振った。

「それは無理だよ。亮がこの家の跡継ぎとして頑張っているし、俺は俺で、やるべき仕事があるから」

千秋がはっきりと答えたからか、父は「そうか」とあっさり頷いた。

「篠田酒造の『千々』っていう銘柄は聞いたことがないけど、いつから売り出してたの？」

「まだだよ。これは去年の試作で、これを元に、年明けから市場に売り込むつもりなんだ」

まさに、天祐《てんゆう》だと思った。このタイミングでここへ来なければ出会うこともなかった酒に、運命的なものを感じ、千秋は少しの間呆然としてしまった。

千秋は姿勢を正し、父と亮に向かって頭を下げた。

「父さん、亮、この酒、『ニックナックストアジャパン』に売ってもらえませんか」

千秋は念のため持ってきていたプロジェクトの資料を鞄から取り出し、机に並べた。

梨花も何度か蔵に来ているはずだが、ほぼ門前払いだったと言っていたから、プロジェクトの詳細など覚えていないだろう。

千秋はプロジェクトについて説明し、宍倉、赤城、ふじの倉とのトラブルも包み隠さず話して、もう一度頭を下げた。

「レストランのオープンは一月。それに間に合うなら、是非『千々』を、店のメインの日本酒として置きたい。トラブルの穴埋めのためじゃなくて、一口呑んで、もうこの酒しかないって思った。だから、お願いします」

説明を最後まで聞いた父は「うーん」と唸った。

「……お前の熱意は分かったが、会社としては有名銘柄を中心に置きたいんだろう？　確かに『若獅子』じゃ力不足だが、知名度だけはある。『千々』は、まだ、どう転ぶかも分からんぞ」

「それは、絶対に、大丈夫。会社のことも、俺が説得して見せる」

きっぱりと言い切った千秋に目を丸くし、父は破顔《はがん》した。

バチンと亮の背中を叩き、「ここまで惚れてもらえて、よかったな、亮！」と絡む。亮はどこかほっとしたような、照れたような顔をしていた。

「それなら、まあ、何本か持って行け。会社を説得できたら、改めて仕事の話をしに来なさい。こういうことは、素面《しらふ》の時に決めるべきことだしな」

「ありがとうございます。ついでに、『志乃田』も数本でいいので、卸していただけると助かります」

「おい、『志乃田』がついでか！」

機嫌良く笑った父につられて、千秋も笑顔になる。

父の跡を継ぎ、亮と酒を造ることはできなかった。でも、自分はこうして、彼らの酒を世に広めることはできる。そのことを、今は、とても嬉しいと思えた。


駅までの道を、亮が運転する軽トラックに乗って進む。

タクシーで帰るつもりだったのだが、亮が「送る」と言い張ったのだ。

亮が自分と話したがっているのは分かっていたし、千秋自身も決着をつけるつもりで来たのだから、あえて断ることはしなかった。

「……ありがとう、な」

信号待ちをしているときに突然言われて、千秋は窓枠に肘をついた姿勢のまま、運転席の亮を見た。

「前に、この企画の話を聞いたとき、いいなって思ったんだ。けど、ここに来た営業さんは『志乃田』に拘ってたから、新しい酒を勧めるわけにはいかなくて。だから、千秋が『これが欲しい』って言ってくれたの、すげえ嬉しかった」

「……や、こっちも、いい酒と契約できそうで、助かった。ありがとう」

頭を下げると、亮は「なんか、照れるな」と恥ずかしそうに笑った。千秋がずっと好きだった、明るい、陽だまりのような笑顔だった。

渋滞している車列がまた前に進み出す。

「俺、ずっと、千秋に謝りたかったんだ」

過去のことに触れられて、千秋は身体を緊張させた。頭ではもう大丈夫だと分かっていても、身体は無意識に逃げの体勢に入ろうとする。

亮は覚悟を決めたように、口を開いた。

「裏切って、ごめん。信じてもらえないかもしれないけど、俺、お前のことちゃんと好きだったし、千春ちゃんとのことを、今でも時々、後悔することがある。けど、男同士だってことが、年々プレッシャーになってたんだ」

ここ田舎《いなか》だからさ、と言って苦笑した亮に、千秋は黙って頷いた。

同級生のほとんどは、二十そこそこで結婚している。結婚して、子供を産んで、家と墓を継ぐのが当たり前。そんな価値観がまだ根を張っているこの土地で、千秋と亮がずっと独身でいたら、噂になっていたに違いない。

好奇心は時に、残酷だ。いつかどこかで関係がばれ、後ろ指を指されるようになっていただろう。

「ごめんな。俺が卑怯だったせいで、お前を傷つけた。どう謝っても許してもらえないかもしれないけど、本当に、ごめん」

亮は、千秋の出奔《しゅっぽん》の理由を、「千春ちゃんを妊娠させたことに千秋が激怒し、酷いケンカをしてしまった」と説明していたらしい。出て行った理由を聞かれなかったのは、そのせいかもしれない。

千秋は言葉に詰まった。

七年ぶりに見た亮と妹は、すっかり夫婦で、親の顔をしていた。

自分が入り込めない家族の空気感。それを二人が持っていることが何だか不思議で、同時に、少し寂しかった。

両親が孫達を見る目はとろけそうに甘かった。あの時、亮が千春を選んだから、幸せそうな彼らの今がある。それを見てようやく、これでよかったのだと、思うことができた気がした。

けれど、どうしても、「亮を許す」とは言えなかった。

許すことと、受け入れることは、違う。

「俺は、亮と別れる未来なんて、微塵も想像してなかった。だから、千春の妊娠が分かったとき、本当に悲しくて、苦しかった。今も、あの時のことを思い出すと、つらい。千春の妊娠が分かる前にどうしてちゃんと話してくれなかったのか、同じ屋根の下で暮らすなんて残酷な選択をどうしてしたのか、あの頃の亮のことが、俺には今でも理解できない」

ここで、もういいよと言ってあげれば、亮の気持ちは軽くなるのかもしれない。

けれど、大切な幼馴染みだったからこそ、本当の気持ちを誤魔化したくなかった。

「亮のプレッシャーは、今なら少しは分かる。でも、まだ全てを水に流して、前みたいな関係に戻ることは、できない」

「……千秋」

「いつか、もういいよって言えるかもしれないけど」

亮がハッとした顔で千秋を見た。

「信号青」

指摘に慌てて前に向き直った亮が、唇を歪め、泣きそうになったのが分かった。

「千秋、ごめんな。俺、自分勝手で、ほんと、ごめん」

亮の涙声を聞きながら、千秋も泣きそうになった。

亮を許すのには、きっと、すごく時間がかかる。それくらい傷ついたし、怒ってもいた。

そう、怒っていたのだ、自分は。

亮と向き合わなければ、そのことには気付けないままだったかも知れない。

認めた途端、胸の奥に刺さっていた棘《とげ》のようなものが、消えてなくなった気がした。

ふいに、「好きです」と臆面もなく言った男を思い出す。

年下のくせに説教してくるその男に会いたくて、堪らない気持ちになる。

駅に着くと、下りの電車がホームに滑り込んできた。

最寄り駅は小さな無人駅で、下りる人はほとんどいない。

「上り、あと三十分は来ないいんじゃないか？　本当に長岡まで送らなくていいの？」

「いい。待合室は暖かいし、会社への報告書、作って待ってるから」

ターミナル駅まで送るという亮の申し出を断り、千秋は軽トラックを降りた。

「じゃあ、電車来るまで、俺も……」

「いいって。お前と一緒にいても、もう話すことなんかないだろ」

「千秋……」

微妙に気まずい空気になり、駅舎へ向けた目を千秋は見開いた。そこに、いるはずのない尚吾が立っていたのだ。

「吉川……。お前、何で」

出てくるとき、尚吾の熱はまだ下がっていなかったし、ここに来るとも伝えていない。それなのに、なぜこんな所に尚吾がいるのだろうか。

千秋と亮に気付いた尚吾が、ぺこりと頭を下げた。

「お前、何でここにいるんだ？　熱は？　まだ下がってないんだろ？」

新しく降り積もった雪に足を取られながら走り寄り、千秋は尚吾の額に手を当てた。

「ほら！　こんな熱いのに、何やってんだよ！」

叱りつけながら、自分の首に巻いていたマフラーを、尚吾の首にぐるぐると巻いてやる。

「……篠田さん」

尚吾が戸惑うように亮と自分を交互に見ていることに気付き、千秋はハタと手を止めた。振り向くと、亮も怪訝そうな顔でこちらを見ている。

「……先日は、失礼しました。『若手蔵元地酒の会』でお会いした、吉川です」

尚吾がぺこりと頭を下げると、亮はようやく思い出したのか、慌てて帽子を取った。

「ああ、あの時は失礼いたしました」

小雪が舞う中、丁寧に挨拶を交わしている二人に焦れて、千秋は尚吾の腕を引っ張った。

「じゃあな、亮。仕事の話はまた改めて。ほら、吉川、行くぞ！」

引きずるようにして待合室に入り、千秋は尚吾の髪やコートの雪を乱暴に払った。

待合室は温かく、千秋の眼鏡はあっという間に曇る。舌打ちしながら何度かそれを拭き、千秋は自動販売機で温かいお茶を買って、それを尚吾に押しつけた。

曇った窓ガラス越しに、亮の軽トラックが駐車場を出て行くのが見える。

それを見るとも無しに見ていると、頬に温かい指が触れた。

「大丈夫ですか？」

心配そうに聞かれて、千秋はぎろっと尚吾を睨みつける。

「大丈夫ですか、じゃないだろ！　何でお前がここにいるんだよ！」

「今朝、会社に休みの連絡を入れたときに、君島さんから聞いたんです。篠田さんが、ご実家に行ったって。俺、心配でいてもたってもいられなくなって」

この男は、それだけのために、高熱の出ている身体を引きずって、こんな雪深いところまで自分を追いかけてきたのか。

胸がじわりと熱くなった。

顔を見て大丈夫なのか確認しようとしてくる尚吾から、千秋は顔を背けた。かあっと頬が赤く染まっていくのが恥ずかしくて、顔を見られない。

「千秋さん、すみません。俺のミスのせいで、疎遠だったご実家に行かせる羽目になって……。大丈夫ですか？　つらい思い、しませんでしたか？」

何か勘違いをしているが尚吾がおかしかった。

千秋は巻いてやったマフラーをくっと引っ張ると、軽く伸び上がって尚吾の唇に口づけた。

体温の高い唇が驚いたように震える。その下唇を軽く食んで、千秋は尚吾から離れた。

「……え？」

「好きだよ」

今何が起こったのか、尚吾の脳は処理しきれないらしい。

唇に手を当て、しばらく考えを巡らせた後、尚吾はようやく千秋の告白に気付いたようだった。

ハッとした顔をして、千秋の肩を掴んでくる。

「も、もう一度言ってください！」

「もう電車来るぞ」

千秋は、さらっとスルーし、待合室を後にする。

「えっ？　そんな、千秋さん！　まだ十五分ありますよ！」

背後で情けない声を上げる尚吾が可哀想な気もしたが、何だか恥ずかしくて、まともに顔を見られなかった。千秋は、足下がふわふわと浮いているような感覚にとらわれる。

ようやく、言えた。

長く忘れていた甘酸っぱい感情が胸の内から溢れ出る。

恋とは、こんなに幸せなものだっただろうか。

吹雪いてきた雪が、千秋の頬の熱で溶けていく。

まるで自分の心のようだと、千秋は思った。


「吉川、着いたぞ。歩けるか？」

尚吾のマンション前でタクシーを止め、千秋は一緒に降りた。

高熱で無理をしたのが祟《たた》ったのか、新幹線に乗ってすぐに尚吾は死んだように眠ってしまい、東京駅からタクシーに乗るまでの僅かな距離を歩くのも、ひどく辛そうだった。

今も、何とか歩いてはいるが、足下はふらついていて覚束《おぼつか》ない。

「鍵は？」

「……鞄の、中です」

鞄からキーケースを抜き取り、千秋は尚吾の部屋のドアを開けた。

「ほら、着替えて寝ろ……」

尚吾をベッドに座らせた千秋は、ふいに背中からぎゅっと抱き締められて、言葉を止めた。

「千秋さん、意地悪しないで、さっきの台詞、もう一度言ってください」

吐息が耳元を掠め、千秋の身体がぶるっと震えた。

改めて告白するのは、逃げ出したくなるほど恥ずかしい。

尚吾は、よく臆面もなく「好きだ」と連呼《れんこ》できたものだ。そんなに好きじゃないから簡単に言えるんじゃないかと心の中で悪態をついていると、尚吾はせがむように「千秋さん」と名前を呼んでくる。

覚悟を決め、千秋は振り返った。

「好き、だよ」

「亮さんの、代わりじゃなくて？」

尚吾の声が、不安そうに揺れる。

「当たり前だろ」

千秋はムッとしてとっさに言い返すが、まだ尚吾の誤解を解いていなかったことを思い出した。尚吾とは終わりにするつもりだったから、諦めさせるためにあえて「亮の身代わり」だと言ったが、その誤解は、きちんと解かなければならない。

「……初めは、多分、吉川と亮を重ねて見てたと思う。吉川は仕草も笑い方も、すごく似てたから……。だから、ずっと、吉川とは関わりたくないと思ってた」

気落ちしたのか、亮の眉が下がった。

「でも、いつの間にか、吉川自身を見ていることが多くなってた。本当は、好きだって言ってもらえて、嬉しかったんだ。でも、怖かった。恋をして、また亮の時のように捨てられるのが」

「捨てたりなんか、しません！」

強い否定に、千秋はまじまじと尚吾を見つめた。

その迷いのなさが、千秋には眩しかった。

「世の中に、絶対なんてものはないよ。どんなに好きな相手だって、いつかは好きじゃなくなる。人の気持ちは、変わるものだから」

千秋が静かに続けると、尚吾は言葉を無くした。

自分の気持ちは死ぬまで変わらないと言えるほど、もう若くも、無責任でもなかった。

「本当は、まだ、少し怖い。だけど、終わりを恐れて、自分の気持ちから目を逸らすのは、もうやめたいって、思った」

「……そんな風に思ったのは、あの人と何か話したから？」

「いや、直接のきっかけは君島さんに背中を押されたことかな」

「そっ、そこは、俺のことを好きになったからって言ってくださいよ」

拗ねる尚吾に思わず笑ってしまう。自然と、千秋は尚吾の頬を両手で包み、唇に軽くキスをしていた。

唇が離れると、尚吾の目は嬉しそうに輝いていた。

「……もう一度、キスしてください」

ぐっと千秋の腰を抱き寄せ、至近距離で催促《さいそく》してくる尚吾に、千秋は心臓が口から出そうだと思った。

今まで、自分はどんなふうに尚吾と触れあっていたのか、全く思い出せない。

熱っぽい視線に耐えきれなくて俯くと、そっと頤《おとがい》を掬《すく》い上げられる。

待ちきれなくなったのか、尚吾が唇を寄せてきた。

そっと目を閉じ、尚吾の唇を受け入れる。

甘く、柔らかい口づけの後、千秋は尚吾の首に手を絡めた。唇を軽く食むと、応えるように薄く唇が開く。

尚吾の手が、千秋のうなじを愛おしむように撫でる。

舌が触れあい、絡まり合って、背筋から甘い痺れが駆け上ってくる。息ができないほど求められ、どちらの唾液か分からない物を嚥下《えんげ》して、思考すらもどろどろに溶けていく。

いつの間にか、主導権は奪われていた。一度唇が離れてもどちらかがまた求め、唇が痛むほどになってようやく、千秋は解放された。

「……お前、病気なんだから、寝てないと」

尚吾の胸板を押す。

だが、尚吾は千秋を離そうとせず、逆にぎゅっと抱き締める腕に力が籠もった。千秋を見つめるその目は、涙で潤んでいる。

「もう少しだけ、このままいさせてください。千秋さんは、絶対に、振り向いてくれないって思ってたから、嬉しくて」

顔をくしゃっと歪めた尚吾の眦から、涙が零れた。

「すみません。千秋さんにはかっこいいところだけ見せたいのに、情けないところばかり見られてますね」

「お前をかっこいいと思ったことなんてないから、大丈夫」

言うと、尚吾は手のひらで涙を拭い、「ひどいですよ」と苦笑する。

まるで大きな子供のようだ。

仕方ないと笑って、千秋は尚吾の背中にそっと腕を回し、甘えるように頭を尚吾の胸に預けてみる。

「でも、情けないところも、子供っぽいところも、説教くさいところも、嫌いじゃない」

「……俺は、千秋さんの全部が、好きです」

「全部って逆に嘘くさいな」

「でも、本当に、全部可愛くて、嫌なところ見つかりません」

「……俺は、男の俺相手に『可愛い』って言うお前が嫌」

ムスッとしてみせると、尚吾は慌てて「もう言いません」と言い募る。それがおかしくて、千秋はこらえきれず、声を上げて笑った。

「ちょっ……からかったんですか？」

酷いと言いながら、尚吾も笑う。

笑いながら、どちらからともなくキスを交わし、崩れるようにしてベッドに倒れ込んだ。

コートを脱がされそうになって、千秋は尚吾の手を止める。

「治るまでは、ダメだって」

起き上がろうとした千秋を、尚吾はベッドに押しとどめた。

「熱だけなんです。だから、汗をかいたら、治ります」

「バカ、子供みたいな我が儘言うな。汗をかいたら治るレベルの熱じゃないだろ」

「千秋さん、お願い。本当に体調悪かったら、こんな風になりませんよ」

尚吾は千秋の腰に、硬くなったモノをぐっと押しつけてきた。

そのまま軽く腰を動かされて、千秋の頬がカッと朱に染まる。

「で、でも、俺、何の準備もしてないし……」

「そんなの、俺がします。千秋さんは、ただ、俺に愛されてください」

尚吾が覆い被さってきて、千秋の額にキスを落とした。

そっと目を瞑る。千秋の眼鏡が取り上げられ、唇に柔らかな感触がした。

唇を開いて深いキスを誘うと、千秋のコートの前をはだけ、スーツのジャケットのボタンを外していた尚吾が噛みつくようなキスをしてきた。

さっきまでの、甘い熱に浮かされたキスとは違う、欲望をむき出しにしたような口づけに千秋の心臓が早鐘を打つ。

するりとネクタイが抜かれた。ワイシャツのボタンが半分ほど外され、開いた胸元に尚吾の熱い手のひらが忍び込んでくる。

「……んっ」

胸元の飾りを弄られて、千秋は思わず声を漏らした。

それに興奮したのか、キスが更に深くなり、指先が乳首を苛め始めた。親指が尖った先端を押しつぶし、強弱をつけて揉みしだく。

「あ、ふっ」

呑み込みきれず、口の端から唾液が零れ落ちた。

苦しくなって、胸を少し強く押すと、尚吾はようやく顔を上げた。

目が合って、千秋はドキッとした。

獲物を狙う獣のような顔をしている。若い雄の匂いに、背筋がぞくぞくした。

こんな風に求められることが、うれしい。

起き上がって、邪魔なコートとスーツの上着を脱ぐ。尚吾のマフラーを取り、コートのボタンに手をかけたところで、千秋はまた尚吾に抱き寄せられた。

唇を合わせながら、お互いの服を脱がせ合っていく。

ベルトを抜き、スラックスのボタンを外すと、尚吾の手が下肢を滑り降りた。

双丘の丸みを撫で、性急に奥の蕾に触れてきた手に、びくりと千秋の腰が揺れた。

固く閉じた蕾をほぐすように、尚吾の指がやわやわと蠢き、千秋の羞恥心と劣情を煽っていく。

早く、中まで欲しい。

ねだるように腰を揺すると、尚吾は指を乾いたまま後口に潜り込ませてきた。

引き攣れるような感覚のせいで、入り込んでくるのがはっきり分かる。

「……ん、んっ」

千秋の舌を甘噛みしながら、尚吾は千秋の中でゆったりと指を動かした。

内壁をなぞるようにぐるりと回り、雄を入れたときのように前後させて、また柔々と入り口を苛める。

時折掠める前立腺を弄ってくれないのがもどかしくて、千秋は自分から腰を振った。

だが、意地悪な指は、いいところに当たりそうになると、するりと逃げてしまう。

「吉川……そ、そこじゃなくて」

「どこ？」

「……し、知ってるだろ！」

千秋の好きなところなど全て把握しているくせに、しらばっくれる男が憎らしい。

「ここ、苛めて欲しいですか？」

尚吾は千秋の弱いポイントに軽く触れた。

ビリリと身体の中に電流が流れ、腰から力が抜けそうになる。でもまだ、全然足りない。もっと欲しくて何度も頷くと、尚吾は千秋の耳に音を立ててキスをした。

「俺のこと、名前で呼んでくれたら、たっぷりしてあげます」

囁かれた言葉を理解して、千秋は赤面する。

今更名前を呼ぶのは、酷く照れくさかった。

「千秋さん」

甘い声でねだられ、何度か呼ぼうとして唇を開くが、戦慄《わなな》くばかりでなかなか声に出ず、千秋は狼狽える。

「い、今は、何か無理……」

「じゃあ、俺もするの、やめます」

尚吾は本当に指を抜いてしまった。疼く身体を放り出され、千秋はくしゃっと顔を歪める。

「や、やだ、やめるなよ、なあ……」

「じゃあ、俺のこと、名前で呼んで？」

「……、……しょ……尚吾、お願い……」

消え入りそうな声で何とかそう口にした途端、尚吾の指が後口に沈み、千秋の弱い場所をごりごりと責め苛む。

「あっ、や、ああっ」

過ぎる悦楽に、耐えきれず千秋は身体を反らし、まだ一度も触れていない自身の欲望から、白い蜜を滴らせた。

中が痙攣し、尚吾の指をぎゅうっと締め付けているのが分かる。それなのにまだイッている身体を追い詰めるように、尚吾は中をメチャクチャにかき混ぜてくる。

身悶えし、逃げようとする身体はすぐに尚吾の腕の中に閉じ込められ、快楽に溺れさせられていく。

再び追い上げられ、千秋は泣きながら「もう嫌だ」と繰り返した。

けれども、そう言いながら、本当にやめられると、「もっと」と縋ってしまう。

自分でも何を言っているのか分からないほどグズグズになった頃、尚吾は指を抜き、千秋のスラックスと下着を脱がせた。

自分のそれも脱ぎ捨てると、尚吾は千秋の足を割った。

千秋が飛ばした蜜を掬い、余裕のない仕草で、腹につくほど反り返った欲望に、それを擦りつける。

猛り、熱を持った雄をぴたりと蕾に当てられて、千秋は期待に震えた。

尚吾の、欲望に彩られた顔が、すぐ傍にある。自分を見つめてくるその目が、「欲しい」と訴えている。そのことが嬉しくて、眦から涙が零れ、伝い落ちていく。

尚吾は千秋に覆い被さり、涙に濡れた耳を優しく舐った。

「……う、んっ」

ゆっくりと、それでいて強引に、尚吾の雄が身体の中に挿《はい》ってくる。

久しぶりだからか、その大きさがきつい。途中で一度も止まらずに、怖くなるくらい奥まで暴かれて、千秋は思わず尚吾の首にしがみついた。

尚吾もきついのか、その首筋は汗でしっとり濡れている。

千秋の反応を見ながら全てを納めきると、尚吾はふっと息をついた。

あまり馴らしていないせいか、それとも尚吾の身体が熱いからか、中にある欲望の形を、いつもよりもしっかりと感じてしまう。

「つらい？」

震える千秋に、尚吾が心配そうに聞いてくる。

つらくはない。

挿れられただけなのに、感じすぎて腰から下に力が入らない自分が、怖かった。

「も、動いて……」

千秋は尚吾の肩に額を押しつけると、腰を自らゆるゆると動かしてねだった。

「……っ、我慢利かなくなるから、そういう可愛いおねだりしないでくださいっ……」

尚吾が切羽詰まったように、首にしがみついていた千秋の腕をやんわり外し、身体を起こす。そして、千秋の腰を掴むと、ぐっと雄を突き入れた。

「あ、んっ……」

奥を突かれ、ジンと身体が痺れる。

漏れた声を聞いて、尚吾がぺろりと乾いた唇を舐める。

浅く、時折深く、感じる所を擦るように腰を動かされて、千秋はその度こらえきれず声を上げた。

「も、……っと、もっと」

千秋は嫌々をするように首を振る。もっと動いて欲しい。もっと激しく、求めて欲しい。

ふいに、尚吾が千秋の頬を撫でた。

「千秋さん、好きです」

興奮に息を荒げながら、そう告げてくる尚吾を見上げて、千秋は笑った。

「俺も、好き」

囁くと、中で尚吾のモノが硬度を増す。

「ひ、んっ」

ぐっと激しく奥を突かれ、千秋は悲鳴を零した。

あやすような甘い口づけが、千秋の頭の芯を溶かしていく。

愛されていると、一点の曇りもなく、信じられた。

好きな人とするセックスは、こんなにも心地よかっただろうか。

唇を、舌を離さないまま、尚吾が千秋の中を貪り始める。激しい抜き差しの中、熱を持った手のひらが、濡れそぼっている千秋の茎を包み込む。

今までにない感覚が身体の奥から襲ってきて、千秋は怯えながら尚吾の背中に爪を立てた。

少し荒っぽく茎を擦り上げられ、双玉を揉まれた瞬間、どっと何かが身体の中を駆け抜けていき、目の前にチカチカと星が舞った。

一瞬の後、目の前が真っ白に染まり、身体が縫い止められたかのように動かせなくなる。

気付けば千秋はぼろぼろと泣いていて、尚吾に優しく頭を撫でられていた。

「……今の、なに」

嬉しそうに笑った尚吾は、目尻にキスをするだけで、教えてくれない。

「今のよりもっと、気持ちいいこと、しましょうか」

含みを持たせて囁く声は熱っぽい。

「い、今より？」

「そう。ここが、イきっぱなしになるくらい、いいこと」

未だ勃ち上がったままの千秋の茎を、尚吾の指がつっとなぞる。

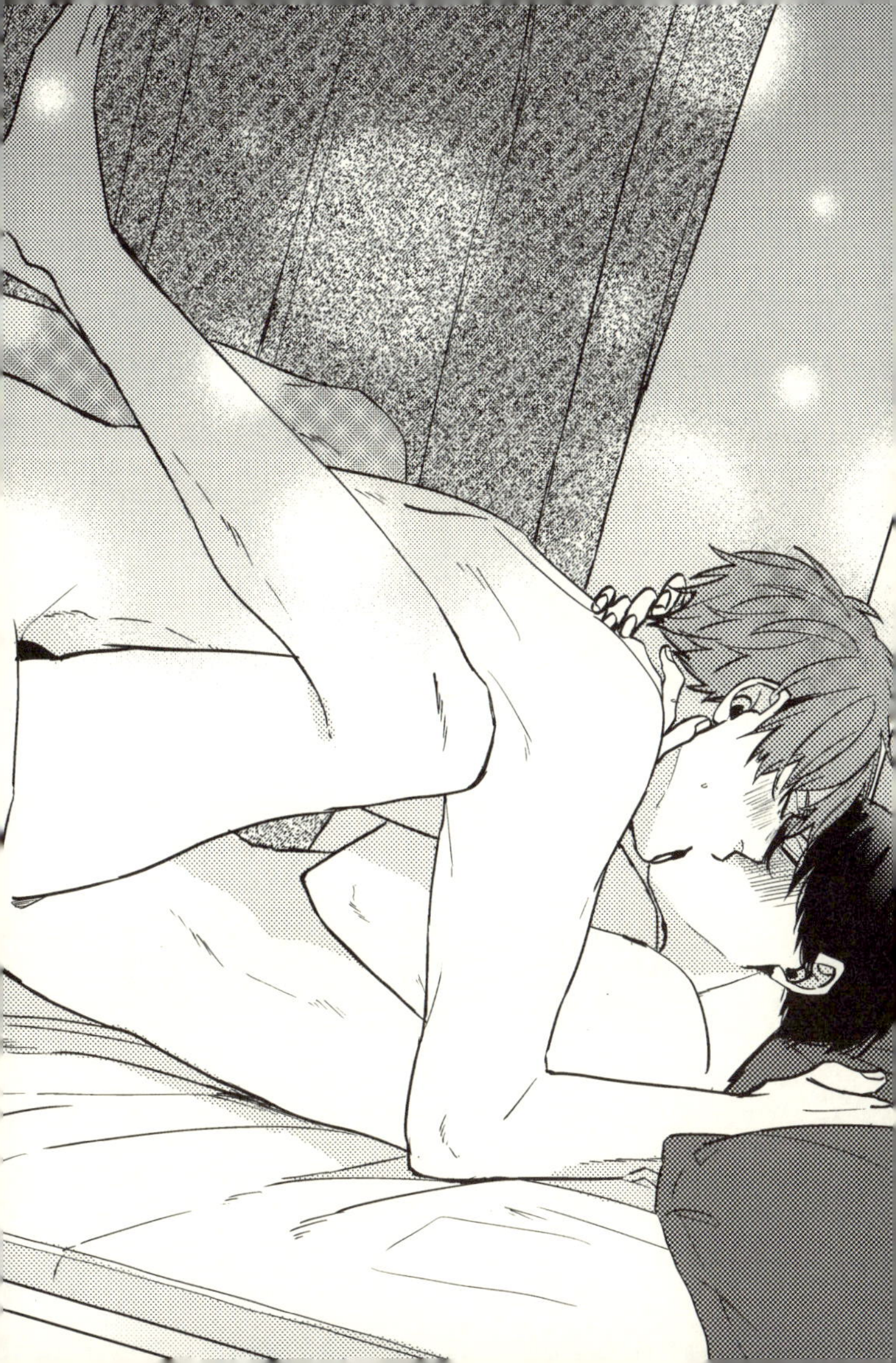

「い、嫌だ。そんなの、怖い」

ふるふると首を振るが、その声に期待が混ざっていることに、尚吾は気付いているようだった。

再び覆い被さってきて、まだ一度もイッていない、硬いままの雄をぐりっと動かされる。

さっきの激しさとは打って変わり、今度はゆったりと、尚吾は動き始める。

正面から見つめられて、あまりの恥ずかしさに、千秋は手で顔を覆おうとした。

だが、その手は尚吾に取られ、ベッドに押さえつけられてしまう。

「千秋さん、目、見ててください」

「えっ……?!」

千秋は動揺して声を上げた。まさか、このまま、見つめ合いながらしようというのだろうか?

視線をやると、尚吾は肯定するかのように、にこりと笑ってみせる。

「目を逸らしたら、人に言えないほど恥ずかしいことしますよ」

そう言われて、千秋は狼狽えた。

それは嫌なので、何とか尚吾を見つめ返そうとしてみるが、身体の奥をゆったりと突かれる度、
反応を見られることに羞恥心がこみ上げてきて、どうしたらいいか分からなくなる。

「千秋さんの中、ビクビクしてる。気持ちいいの?」

「……っ」

「突いてあげるから、どこが好きか、教えて」

目を覗き込みながら、尚吾が悪戯っぽく笑う。

そんなことは、とても言えない。

嫌々をするようにかぶりを振るが、両手を縫い止められたまま、千秋はさんざん恥ずかしい言葉を言わされ、泣かされる羽目になった。

代わりに与えられた快楽は凄まじく、一度も触れてもらえないまま、千秋は茎からだらだらと白濁を零し続けた。

涙と汗でグシャグシャになるほど長い長い交わりの果てに、尚吾がくっと息を詰める。

「中に、出して、いい？」

聞かれて、千秋は力なく頷いた。

身体の奥底で、尚吾の熱い蜜が迸る。

身体だけではなく、心までも快楽に震えながら、千秋は「好き」とうわごとのように繰り返した。

目を覚ました時、部屋は朝の光に満ちていた。

尚吾の熱のことも、翌日も会社があることも忘れて夜が白むまで抱き合い、ぴたりと身体をくっつけ合って眠ったのは、ほんの数時間前のことだ。

それでも、不思議と、少しもつらいとは思わなかった。

満たされた気持ちでしばらく尚吾の寝顔を見つめたあと、千秋はベッドに身を起こして彼の額に手を当てる。熱は下がっているようだった。

あんな風に汗をかいて、本当に熱が下がるなんて。おかしくなって思わず笑ってしまう。

「……何笑ってるんですか?」

眠そうに目を擦る尚吾が、笑う千秋を布団の中に引き戻して、軽くキスをしてくる。

ナチュラルなその動作に慣れを感じて、千秋は少しムッとした。

「何でもない。……おはよう」

「おはよう、ございます。……千秋さん、何で怒ってるの?」

「……怒ってない」

「怒ってるじゃないですか。……もしかして、昨日なかなかやめなかったから?」

耳元で囁かれて、千秋は恥ずかしさに頬を染めた。

確かに、昨夜の尚吾はすごかった。正直に言えば、途中意識が飛んでいて、何度したのかもよく覚えていない。ただ、執拗に求められ、愛された記憶だけが、鮮明に残っている。

「……お前、あんなセックスして、今までの子達に嫌がられなかったのか?」

照れ隠しの言葉に、尚吾は「うーん」とまじめに考え込んだ後、にこりと笑った。

「あんな濃厚なエッチしたの、千秋さんが初めてなんで、嫌がられたことはないです」

「……!」

「何でか、千秋さんとエッチしてると、止まらなくなっちゃうんですよね。もっと俺の身体で気持ちよくなってる千秋さんを見たいって思っちゃって」

さらっと殺し文句を口にされ、千秋は固まった。

そんな千秋を愛おしげに見つめながら、尚吾が顔を近づけてきたので、思わずぎゅっと目を瞑る。心から楽しそうに笑い、尚吾は唇にキスを落とした。

「なんか……感動、してます。朝、千秋さんが腕の中にいて、キスさせてくれるなんて」

言いながら、尚吾が千秋の腰を抱き寄せる。

恥ずかしい。恥ずかしいが、嫌ではない。でも、何か言うとやぶ蛇になりそうで、千秋は黙って尚吾の腕の中に収まった。

「いつまでも、こうしてたいなあ……」

千秋の後ろ髪に指を絡ませながら言う尚吾に、千秋も同じことを思い――ハッとした。

「今、何時だ?!」

飛び起きて、枕元の眼鏡をかける。

時計の針は八時二十分を指していた。

「やばい、遅刻！」

二人して叫んで慌ててベッドから下り、昨夜脱ぎ散らかしたスーツを拾い集める。

「千秋さん、俺のスーツ、着てってください」

クローゼットを開けながら言われて、千秋は皺のついてしまったワイシャツを羽織りながら、ムッとする。

「馬鹿か、サイズが全然合わないだろ」

「じゃあ、ネクタイだけは、俺のしてってくださいね」

そう言いながら、尚吾は千秋のワイシャツの襟を立て、勝手にネクタイを締め始める。

「おい、俺がピンクのネクタイなんてしてったら、変に思われる」

やめさせようとするが、尚吾はにこりと笑って、千秋の手を払った。

「思われてもいいです。俺のを貸したって言いますから」

「なっ……、そんなこと言ったら、噂になるだろ」

「なってもいいです。……と言いたいとこですけど、そんなに心配しなくても大丈夫ですよ。後ろめたく思うから、それが相手にも伝わって、変な噂になるんです」

ネクタイを締め終えて、尚吾がぽんと千秋の胸を叩く。

「……でも、お前のネクタイしてるって思ったら、なんか落ち着かない」

そわそわしながらネクタイを弄っていると、尚吾が千秋をぎゅっと抱き締めてきた。

「そういう可愛いこと、言わないで」

「おい、会社に遅れるって！」

尚吾を押しのけ、千秋はスーツを着込んだ。

「千秋さん、支度できました?!」

いつの間にか支度を終えていた尚吾に声を掛けられて、千秋は鞄を掴むと、慌ただしく外へ出た。

駅までの道を走りながら、千秋は朝からすっきりと晴れている空を見上げた。

ひんやりとした空気は澄んでいて、爽やかだ。

昨日までと、何もかもが変わってしまったような、そんな気分だった。

ふいに、尚吾が千秋の手を取る。驚いて手を引こうとすると、尚吾はにこりと笑みを浮かべ、「そこの角まで。ね?」と言った。

繋いだ手から、じわりと温もりが伝わってくる。

世界がキラキラと輝いて見えて、どうしてか、少し泣きたくなった。


目黒川沿いの桜が、春の気配を纏い、ふっくらとした蕾を風に揺らしている。

橋の欄干《らんかん》に背中を預け、千秋は待ち合わせ時間を二十分過ぎても来ない男を待ちながら、工事中のレストランを眺めた。

三月末にオープンを予定している、三件目のコラボレストランだ。

宍倉、赤城、ふじの倉との契約が白紙になり、一時は頓挫《とんざ》してしまうのではと危ぶまれたプロジェクトは、メインになる酒を宍倉酒造の『若獅子』から篠田酒造の『千々』に変え、無事に再始動することができた。

一月に恵比寿にオープンした一号店は、女性客を中心に、連日予約がとれないほどの盛況ぶりだ。

もちろん、すんなりと事が運んだわけではなかった。

篠田酒造の『千々』を主軸の酒に推したとき、まだ市場に出回っていないことを理由に、上層部は難色を示した。

そこで、千秋はマーケティング部に協力を仰ぎ、酒の名称を隠した上で、社員達に飲み比べをしてもらったのだった。

結果は『千々』の圧勝。飲みやすさに限って言えば、『志乃田』よりも評価が高く、それでようやく、渋っている上司達も『千々』に賭けてみようと決断してくれた。

だが、そんな苦労を経て『千々』の契約を勝ち取っても、営業部での、千秋への風当たりは未だに強かった。

どこから漏れたのか、気付けば、千秋が篠田酒造の息子だということはあっという間に社内中に知れ渡ってしまっていた。当然、契約を取れたのは、身内だったからだと噂され、「コネがあるやつはいいよな」と嫌みを言われることも少なくない。

悔しかったが、それは仕方がないことなのだと千秋は思っていた。

彼らが言うことは正論で、自分が身内でなかったら、こんな土壇場《どたんば》で新作の大口契約など結んでもらえなかったと思う。

だが、亮の作った『千々』は、決して身内びいきで推した酒ではない。それは、お客さん達の反応を見れば、分かってもらえるはずだ。千秋はそう信じていた。

「ねえ、この改装してるビルさ、『Bistro《ビストロ》 Riche《リッシュ》』って看板出てるけど、恵比寿にある日本酒のお店かな?」

「私も思った！　恵比寿の方に一回行ったけど、すごくよかったよ。お酒が日本酒しかないんだけど、色々な飲み方できて、お料理と本当に合うの！」

「えー、いいな、行ってみたい。そういえば、何か、似た感じの店もあるよね？」

「『SAKEマルシェ』でしょ？　大手居酒屋チェーンの。『Bistro Riche』と同じコンセプトだっていうから期待して行ってみたけど、なんか、普通の居酒屋だった。二回目はないかな」

「そうなんだ。じゃ、やめとこ。ねえ、そこの『Bistro Riche』、オープンしたら来ようよ」

楽しそうに目の前を通り過ぎていく女の子の二人組を、千秋は思わず目で追った。

何だかうれしくて、目頭が熱くなる。

自分たちの仕事が、ああやって話題になり、評価される。そのことでこんなに心が浮き立つなんて、数ヶ月前の自分は、考えたこともなかった。

眼鏡を取り、目尻に浮いた涙をそっと拭う。

「お待たせしてすみません、千秋さん。打ち合わせが長引いて……。って、どうしたんですか？！」

振り向くと、走ってきた尚吾が、千秋を見てぎょっとする。

「……何でもない。ちょっといいことがあっただけ」

慌てて眼鏡を戻し、千秋は心配そうな尚吾からふいと目を逸らす。

「本当に？」

「本当だって。さっき、女の子の二人組が、『Bistro Riche』を褒めてくれてたんだよ。それだけ」

「……それで、泣いてたんですか？」

「泣いてない」

「千秋さん、本当に可愛いですね」

「はあ?! 何で『可愛い』になるんだよ」

千秋は居たたまれなくなり、先に立って歩き出した。千秋の照れ隠しに、尚吾はクスクス笑っている。

「……何だよ」

「いえ、何でも。俺、このまま直帰できますけど、千秋さんは?」

「俺も」

「じゃあ、どこか寄って行きます?」

「……うちに、実家から酒が送られてきてるぞ」

遠回しに部屋に誘うと、尚吾はぱっと顔を輝かせた。

「じゃあ、あれ、やりましょうよ。『常夜鍋』!」

「また? お前、好きだな」

冬の間に何度も食べて、正直飽き気味だ。少しげんなりしてしまうと、ふいに、尚吾が千秋の肩を抱き寄せ、囁いた。

「だって、常夜鍋すると、千秋さんがいつもより可愛くなるから」

いつも、ベロベロに酔って尚吾に甘えまくってしまうことを思い出し、千秋はかあっと首まで赤く染まった。

「……それが目的なら、鍋はもうやらない」

意地悪く言い返してやると、尚吾が「嘘です」と慌て出す。

「でも、いつもの倍くらい可愛くなるのは、本当ですよ」

「悪かったな、いつもは可愛くなくて」

「そういう意味じゃなくて……千秋さん〜」

情けない声を上げる尚吾を無視して、千秋は冷蔵庫の中にある食材に思いをはせた。

ふとそんな自分がおかしくなる。

半年前は、冷蔵庫にはビールしか入っていなかったし、自炊をする自分など想像もできなかったのに。

人は、変わるのだ。いい方にも、悪い方にも。

今自分がこうして変われたのは、間違いなく、尚吾のおかげだ。そう思うと、少しだけサービスしてやってもいいかなという気になる。

「……明日休みだし、常夜鍋でいいよ」

尚吾が一瞬目を丸くして、それから本当に嬉しそうな笑顔になる。

「材料、スーパーで買って帰りましょう」

自然と手をつながれて、千秋はドキリとした。

ここは公道で、人の目もある。いい年をしたスーツ姿の男二人が手をつないでいたら、好奇の目で見られるに違いない。

そう思いながらも、千秋は尚吾の指先を軽く握り返した。

たとえからかわれたとしても、尚吾は自己保身に走ったり、自分を置いて逃げたりしない。不思議と、そう確信できた。日本酒と同じように、過ごした時間だけ深みやコクが増す、そんな愛を尚吾となら育てられるかもしれない。

他愛ない話をしながら、千秋は尚吾と過ごす温かな未来を思い描いた。

一人ではない、幸せな未来を。

おわり

■あとがき■

こんにちは、はじめまして。尾上《おのうえ》セイラと申します。

このたびは「酒は愚を釣る色を釣る」をお手に取っていただき、ありがとうございました。

四冊目にして、初めて日本が舞台のお話です。最初は日本国内を旅するお話を書くつもりだったのですが、最終的にサラリーマンのお話になりました。

お酒での失敗から、落とし穴に落ちるように始まった二人。二人が恋のスタートラインに立てたことに、今はただ、ほっとしています。

タイトルは、中国の諺《ことわざ》「酒は詩を釣る色を釣る」(酒は詩歌を生み、また色情を呼ぶ)から、編集部の皆様がつけてくださいました。ありがとうございました。

また、挿絵は、まりぱか先生が描いてくださいました。初めてまりぱか先生の絵を拝見したとき、垂れ目の青年がとても格好良くて、尚吾のイメージがぴたりとはまったことを覚えています。お忙しい中、素敵なイラストをありがとうございました。

私事になってしまいますが、この本の初稿を書いているときに、私にとってとてもつらい別れがありました。

当初は何も手につかず、もう続きは書けないと思っていました。

続きを書こうと決めた後も、何度も締め切りに間に合わず、発売予定もどんどんずれていってしまい、担当様やまりぱか先生には大変なご迷惑をおかけしてしまいました。本当に、本当にすみませんでした。

皆様が根気強く待ってくださり、声がけしてくださったおかげで、このお話は、こうして一冊の本として日の目を見ることができました。

編集部の皆様、この本に関わってくださった皆様、家族のみんな、そして、この本を手にとってくださった読者の皆様、ありがとうございました。

少しずつですが、またサイトやブログの更新なども頑張っていこうと思っています。

いつかまた、どこかでお会い出来ることを願って。

二〇一八年　一月　尾上セイラ

初出
「酒は愚を釣る色を釣る」書き下ろし

CHOCOLAT
BUNKO

この本を読んでのご意見、ご感想をお寄せ下さい。
作者への手紙もお待ちしております。

あて先
〒171-0014 東京都豊島区池袋2-41-6 第一シャンボールビル 7階
(株)心交社　ショコラ編集部

酒は愚を釣る色を釣る

2018年1月20日　第1刷

著　者:尾上セイラ
発行者:林 高弘
発行所:株式会社　心交社
〒171-0014 東京都豊島区池袋2-41-6
第一シャンボールビル 7階
(編集)03-3980-6337 (営業)03-3959-6169
http://www.chocolat_novels.com/
印刷所:図書印刷 株式会社

皇帝が愛した小さな星

おまえにだけは、触れてはいけなかったのに。

紀里雨すず
イラスト・みずかねりょう

全ての人の運命が記された予言の書《アガスティアの葉》。それを人々に読み伝えるナディ・リーダーのアスラは、突然ヴァドラ帝国への赴任を命じられる。ドジで出来の悪い自分がなぜ？　アスラは困惑するが、謁見した皇帝は八年前、泣いていたアスラを励ましてくれた旅人のシャリアだった。再会を喜ぶアスラとは対照的にシャリアは当時を覚えておらず、民に憎まれる暴君に変わり果てていた――。

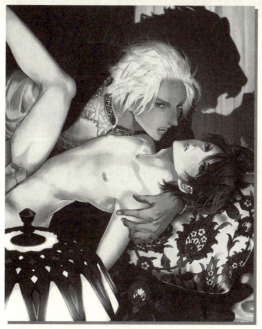